AF447701

Child Trip

Jeanne Sélène

Autres ouvrages de l'autrice

Romans pour adultes
Balade avec les Astres
La Vengeance sans nom
La Route des chiffonniers
Le sablier des cendres

Romans jeunesse
Le Voyage d'Antinéa
Les Aventures d'Oxygène
Léon et le hérisson
Si j'avais un ami lama…

Albums jeunesse
Mon copain Éthan est végane
Nicolas, le bébé koala
L'arbre à chats
Charlotte sans culotte
L'enlumineur des étoiles
Éthan et les animaux
Regards
Les tétées de Maïté
Je t'attends
Dans la poubelle d'Annabelle
Animaux à voir…

Documentaires jeunesse
Les cloportes
Le lierre
Le lama
Les gendarmes

Jeanne Sélène, 50300 Saint Brice, France.
http://jeanne-selene.com — jeanne.selene@outlook.fr
Correction : Sans Coquille — contact@sanscoquille.fr
Couverture : Shealynn Royan — http://shealynnroyan.com
Texte protégé, toute reproduction partielle ou totale interdite.
Police d'écriture : Garamond.
Dépôt légal : septembre 2019
Imprimé par KDP
ISBN : 979-10-96202-62-1

*À toutes celles et tous ceux
qui naviguent hors des sentiers battus.*

1.

Deux lignes.

Je refuse d'y croire. C'est une erreur, forcément.

Deux. Putains. De. Lignes.

Merde, j'avais dit que j'arrêtais avec les insultes sexistes. Exit, les « con », « putain » et autres « pétasse »… Soyons créative !

Deux purins de lignes roses !

Arf, ça sonne quand même pas très bien. Et puis je sais pas, ça soulage pas autant ce R, c'est moins rageant à prononcer qu'un T. Un T, ça tape, on peut le dire et le penser avec plein de hargne et ça fait du bien. Bref, y'a deux fichues lignes roses sur un test à la noix et je suis en panique totale, alors mon cerveau me fait le coup de la diversion en s'attardant sur un détail de vocabulaire. Mais quel naze ! Enfin, pour le coup, il a quand même raison… J'ai vraiment besoin de faire sortir ma peur et ce « purin », c'est juste nul. Presque autant que ce « à la noix » d'ailleurs. Tu les sens toi, la colère et l'incompréhension qui m'habitent quand je pense « purin » ? Rrrha, mais débranchez-moi ce cerveau qui cogite linguistique alors que je suis en PLS ! Moi et mes dialogues intérieurs sommes un boulet puissance quinze mille.

Bon, reprenons… Que s'est-il passé pendant mon dernier cycle pour que ce truc soit positif ?

Ben non, j'ai beau réfléchir, j'ai pas zappé ma pilule. Je comprends pas.

« 99,7 % de fiabilité théorique.

91 % de fiabilité pratique. »

C'est ce qu'indique la notice. Oui, je l'ai lue. J'ai jamais pu faire un choix sans tout étudier de A à Z et j'ai une mémoire d'éléphante pour les trucs débiles. En fait, je devrais peut-être jouer au loto, je défie les statistiques, on dirait.

Non, il doit y avoir une raison toute simple.

Mais oui, ça doit être la gastro ! J'ai passé deux jours à vomir tout ce que je pouvais…

J'aurais dû opter pour l'implant, berdol.

Ouais !

J'aime bien ce non-mot : « berdol » ! Ça ne veut rien dire, pourtant ça sonne bien. « Berdol ». Je vais le garder, celui-là. Ça y est, je vois déjà les gros titres dans deux ou trois ans : « Ces nouveaux mots qui font leur entrée dans Le Robert cette année ! » Ça claquera, ouais…

Bon, bon, bon, où en étais-je ?

Ah oui, ma gastro. Quand bien même, je n'accepte jamais les rapports sans préservatif, c'est donc juste im-po-ssi-ble. Et je coupe le mot en dehors des deux ss si je veux, d'abord ! Ce fichu test doit avoir la berlue. C'est la seule explication.

Et cette nausée qui s'amplifie à chaque minute ! Boarf, c'est l'effet Barnum, c'est tout.

— C'est bientôt fini, là-dedans ?

— Deux secondes !

Elle me fait chier celle-là, à tambouriner contre la porte des WC publics. On peut même plus faire une crise de panique mentale tranquille ici !?

Je glisse le test dans ma poche, même si c'est dégueu, car plein d'urine, et je sors comme une furie.

Sans m'arrêter, j'attrape mon smartphone au fond de mon sac (en vrai, ça me prend cinquante mètres avant de remettre la main dessus au milieu de mon bazar) et demande l'adresse du labo le plus proche. Quatorze kilomètres. Je me hisse dans mon Jumpy et démarre sans tarder. Autant il m'a fallu une semaine pour oser acheter ce test puis une deuxième pour me hasarder à le déballer et pisser dessus, autant je suis chaude à présent. Il faut battre le fer, toussa toussa…

♡

Bon, je suis bel et bien enceinte.

Le mail du labo vient de confirmer le test urinaire. J'ai les hormones au taquet et le moral dans les chaussettes.

Estimation : quatre semaines de grossesse. Mes seins tiraillent soudain, psychologique sûrement.

Je me demande qui est le géniteur.

Compte tenu de la durée de viabilité d'un spermatozoïde et de celle de l'ovule, moins quatre semaines, voyons voir…

Il y avait eu ce beau brun anglais avec son accent charmant, l'informaticien à la peau noire et aux yeux rieurs, le petit musicien aussi… Impossible de me remémorer davantage son physique à celui-là. Il était passionnant à écouter, très cultivé avec plein de domaines de prédilection.

C'est dans les gènes, la passion ? Dans l'idée, ça me plairait bien, un gosse passionné. Tut-tut-tut-tut-tut, non mais ça va pas la tête là, Solange ? Un gosse ; avec toi ; dans ta vie ? N'importe quoi !

Bref, une chose est sûre, c'était pas la cavalière du vendredi soir, elle était pas équipée pour m'envoyer une légion de spermatozoïdes en folie, elle. J'espère que c'est pas le grand barbu du bar à cocktails. Quelle erreur, ce type-là ! Dans le genre tout tourne autour de ma queue et après moi le déluge… Je m'énerve encore d'avoir craqué pour un plan cul aussi pourri.

Rha merdum… C'est quand même à moitié naze de ne pas savoir à qui appartient le matériel génétique actuellement en train de surfer avec le mien dans MON utérus. Sérieux, c'est une sorte de cambriolage quand même.

Calme-toi, Solange, de toute façon, tu ne gardes jamais aucun contact avec tes coups d'un soir. Question d'éthique personnelle. Alors, à quoi bon se mettre la rate au court-bouillon ?

Récapitulons nos connaissances à l'instant T :

- un tas de cellules est en cours de division et de prolifération dans mon bide ;

- ledit tas a commencé son job depuis un peu moins d'un mois ;

- c'est tout.

Léger comme quantité de faits, mais implications énormes. J'ai la chanson de Bénabar qui se met à tourner en fond sonore « petite cause, grandes conséquences [...] petite chose, dégât immense ».

Côté dégâts et conséquences, y'a du level, là.

La question est : je fais quoi maintenant ?

Avorter paraît la solution la plus raisonnable. Un tas de cellules, ça n'a rien à faire avec une fille comme moi : habiter à l'année dans un cametar[1], rester à l'écart de toute communauté par volonté de solitude, courir les marchés de France, vivre sans le sou... Très, très mauvaise idée.

---

[1] Camion.

♡

Quand même, un tas de cellules, ça a quelque chose de chouette. Sentir bouger dans son ventre. Aimer inconditionnellement. Transmettre ses valeurs…

Rha, mais mets-toi donc en pause, cerveau de merde !

Allez, hop, hop, hop. Sous le tapis toutes ces images à paillettes de bébé et d'enfant niché au creux de mes bras.

Je suis sûre que c'est de la publicité mensongère, de toute façon.

♡

Ça y est, j'ai pris rendez-vous chez une gynéco pour prévoir un avortement. J'espère qu'elle sera « safe », j'ai eu de sacrées mauvaises expériences avec ces professionnels de la santé dans le passé. D'habitude, je les évite comme la peste et préfère rencontrer des sages-femmes, mais pour le cas présent, pas trop le choix, j'imagine.

Ça va être rapide à mon avis et puis c'est vraiment la meilleure chose à faire ; pour ce tas de cellules comme pour moi.

Bon, maintenant que la décision est prise, je vais bouquiner un peu, ça va me changer les idées.

Quoi ? Je te vois très bien rire, le neurone au fond à droite, là. Pourtant ce livre *Dans le cerveau de mon enfant*, c'est très dépaysant. Et puis c'est juste à titre d'information personnelle. C'est passionnant, les neurosciences. J'adore tout ce qui a trait aux neurosciences. Et non, je n'essaie pas du tout de me convaincre, alors maintenant tu me laisses lire et tu te tais. Non mais, si je peux même plus réfléchir toute seule dans ma tête sans qu'il y ait dissension…

♡

Je sens que je vais me maudire.

Je ne suis pas allée au rendez-vous.

J'avais garé le camion près d'un parc et j'ai entendu un enfant dire à sa maman « je t'aime ».

Berdol, comme c'était beau.

Je voudrais tant entendre un jour ces mots. Alors je suis restée là, comme une nouille, à regarder ces familles jouer entre le toboggan et le tourniquet. Ça riait, ça criait… ça pleurait également, parfois. J'ai pleuré, moi aussi. J'ai posé ma main sur mon ventre et subitement, il s'est mis à exister pour de vrai, le petit tas de cellules.

Je vais le regretter, c'est clair, mais j'ai décidé de lui laisser une chance de grandir dans mon utérus.

Ça y est, je regrette déjà.

Je suis malade comme un chien, c'est l'horreur. J'ai un mal fou à rester derrière mon stand pour vendre mes cailloux.

« Superbe labradorite montée en pendentif ! Œil-de-tigre en boucles d'oreille ! N'hésitez pas à les regarder de plus près, elles sauront vous envoûter, mes belles pierres ! »

J'ai toujours été fascinée par les roches. Je peux rester des heures à regarder leurs couleurs. Avec la mode de la lithothérapie[2], c'est bien ma veine. Je crée des bijoux faits main et les clients sont assez nombreux pour me permettre de dégager un petit salaire. Enfin, les bons mois. Ou un SMIC roumain en tout cas. Ça me convient, de toute façon. Je n'ai pas besoin de plus pour vivre la vie que j'ai choisie.

Pourtant, sera-ce suffisant pour accompagner un enfant ? Tout le monde le dit : ça coûte une blinde, un gosse. Et puis comment faire dans mon camion aménagé ? J'ai tout juste un lit et une kitchenette. Ça n'ira jamais…

Alors quoi ? Garder le bébé et changer de vie ? Me ranger ? Prendre un appart et un CDI ?

Mortel… Ça serait comme m'enterrer moi-même.

Nan, ça, je ne peux pas m'y résoudre.

---

[2] Approche qui prétend soigner par le biais des cristaux.

Je vais reprendre un rendez-vous. Chez un autre gynéco, du coup.

♡

Au lieu de trouver l'adresse d'un nouveau médecin, j'ai passé la nuit à surfer sur Internet et à chercher des témoignages de parents nomades.

Ça existe.

Ils ont l'air de s'en sortir même.

J'ai carrément lu le récit d'une maman solo intermittente du spectacle. Tout n'était pas rose, mais elle ne regrettait pas.

Alors pourquoi pas moi ? Pourquoi pas nous ?

♡

Quand même, ça me turlupine. C'est pas très écolo, un gamin. Je ne m'étais jamais projetée mère avant ces deux lignes roses et ça m'allait bien de m'imaginer childfree. Avec ce monde en plein effondrement, c'est quand même plus raisonnable. Pourquoi imposer un nouvel humain à notre planète ? Pourquoi imposer notre société à un nouvel humain ?

15

En même temps, je n'ai jamais su me montrer réellement raisonnable. J'ai beau éplucher chaque sujet avant de faire un choix, je finis toujours par suivre mon instinct.

Quelque chose me dit que je ne vais pas commencer aujourd'hui à faire des choix bien rangés.

Désolée, tas de cellules, je merde déjà en tant que mère comme il faut. T'as pas fini de morfler…

Après, je suis sûre qu'il y a moyen de réduire mon empreinte écologique par rapport à un parent lambda français.

Voyons voir : Ecosia.fr, « parent écolo ». 511 000 résultats de recherche.

Je vais bien trouver quelques pistes…

♡

J'y ai passé la nuit, le résultat me satisfait toutefois. Visiblement, le minimalisme en famille, c'est possible. D'autres l'ont fait. J'ai notamment trouvé pas mal d'infos sur les couches lavables et même sur un truc de dingue : le sans couche. L'hygiène naturelle infantile ou l'HNI, qu'ils appellent ça. Il suffirait d'apprendre à repérer les signaux émis par le gosse avant chaque pipi ou caca et de lui proposer de faire dans un pot. Ça paraît fou !

Ceci dit, si ça marche, ça limiterait les sorties au lavomatique. Particulièrement intéressant dans ma situation… Apparemment, il faut compter six à huit couches par jour, donc si je peux choper ne serait-ce que deux pipis, ce sera toujours ça d'économisé. J'ai fureté sur Leboncoin et il y a pléthore de couches d'occase. En plus, certaines sont juste trop mignonnes, mon côté gnangnan est comblé.

D'après mon fichier tableur, c'est jouable avec mon budget. La mise de départ fait un peu mal au cul, mais ça se récupère bien sur le long terme. D'autant plus que je devrais pouvoir revendre en fin de course. On n'est pas loin d'une opération blanche donc.

Côté fringues aussi il y a une alternative économique, je suis rassurée. Apparemment, on en trouve facilement pour un ou deux euros en vide-greniers. Si je mise sur sept tenues par taille, ça me paraît raisonnable comme investissement ET comme impact environnemental. Par contre, avec cette histoire d'HNI, le pyjama intégral, ça paraît pas idéal. M'étonnerait beaucoup que le gosse se retienne le temps de le déballer entièrement… C'est dommage, c'est pratique comme vêtement à la base. Perso, j'adore mon pyjama à pieds « licorne ».

♡

J'ai ouvert les yeux à exactement 3 h 57, prise d'une panique monstrueuse : « Et si c'est un garçon, comment tu vas faire pour ne pas le laisser devenir un sombre couillard masculiniste ? », me hurlait mon esprit.

Est-ce que je ferai le poids face à notre société ? Comme le guider vers l'équité ?

« Pire, m'a alors susurré ma conscience à la noix, et si c'est une fille ? ».

Si c'est une fille, je suis foutue…

Comment pourrais-je l'aider à être elle-même ? À s'extraire du patriarcat dans lequel nous baignons tous et toutes ?

Je me débats tellement toute seule avec mon propre sexisme intériorisé…

Cornegidouille, avec ma veine y'en a deux…

J'ai pas réussi à refermer l'œil de la nuit.

♡

J'ai fini par prendre rendez-vous avec une sage-femme équipée pour les échographies. Elle fait partie d'un réseau « safe » sur Internet. J'espère que c'est fiable. J'ai aucune envie de tomber sur une mère la morale. J'ai peut-être l'air forte, pourtant il n'en est rien.

Assise sur un grand fauteuil dans la salle d'attente, j'ai l'impression d'être une toute petite fille. Je vais me faire disputer, c'est sûr…

Tomber enceinte dans une situation comme la mienne, c'est déjà naze. Mais garder le gosse, c'est limite de la maltraitance. Après tout, la date limite n'est pas tout à fait dépassée, je pourrais rentrer dans le droit chemin. Ce serait mieux pour tout le monde.

La porte s'ouvre et une femme apparaît dans l'encadrement de la porte. Elle doit avoir la quarantaine, au moins. Son visage arbore quelques rides discrètes. Elle sourit et ses yeux brillent de bienveillance. Elle transpire la gentillesse. Tout mon stress s'envole et je respire enfin. Je me sens entre de bonnes mains.

— Vous êtes la seule à pouvoir décider de mener ou non cette grossesse à terme.

Elle laisse un silence pour me permettre de rebondir, pourtant je n'ai rien à dire.

— Est-ce que vous voulez qu'on regarde ?

Je hoche la tête. Ma bouche est sèche, je suis incapable d'articuler quoi que ce soit.

— Enlevez juste vos chaussures et ouvrez votre pantalon, ça suffira.

Elle se lave les mains consciencieusement puis s'installe à côté de la grosse machine.

— Ça va être un peu froid, prévient-elle en appliquant le gel sur mon ventre.

C'est comme dans les films, une multitude d'extraits m'envahissent. En fait, mon cerveau me fait le coup des pensées à cent à l'heure pour essayer de court-circuiter mon émotion. Je le connais, il est très doué pour cette stratégie.

Scoop, aujourd'hui ça ne fonctionne pas.

La sonde étale le produit transparent et des images se forment sur l'écran.

La sage-femme farfouille puis une silhouette plus nette apparaît.

Ça ressemble à un bébé.

Il y a déjà une tête, un corps, quatre membres.

Il n'y en a qu'un visiblement.

Ouf.

Je vois que ça bouge dans la poitrine. Ma langue se délie et énonce sans mon autorisation :

— On peut écouter le cœur ?

La traîtresse !

♡

Ma décision est prise, je le garde bel et bien, cet enfant.

Je flippe à mort, mais je ne reviendrai pas sur cette décision.

De toute façon, il sera déjà trop tard la semaine prochaine.

2.

Voilà, on est la semaine prochaine.

Il est trop tard.

J'ai des bouffées d'angoisse de folie. Et si je regrettais ma décision ? Élever seule un enfant, ça a quand même l'air d'être mission impossible…

Depuis un mois, j'en ai lu, des témoignages de parents : *terrible two*, *fucking four*… Ça fait quand même bien flipper. On dirait des titres de film d'horreur.

Je suis de nouveau dans la salle d'attente de la sage-femme. C'est l'échographie des trois mois. Celle que les couples attendent avec impatience pour révéler leur grossesse. Faudrait pas en parler avant d'être sûr que tout se déroule normalement. Partager la tristesse d'une fausse couche, ça ne se fait pas, voyons !

Soudain, j'ai peur. Et si l'embryon avait cessé de vivre ? Avec qui pourrais-je pleurer ? On me dirait que la nature est bien faite, que ce n'était pas le bon moment pour moi, que c'est mieux ainsi… Je n'ai pas envie d'entendre ça. Pourvu que tout aille bien.

Je glisse une main sur mon ventre. J'ai pris cette habitude, déjà. Parfois, je sens comme une caresse intérieure. C'est probablement mon imagination, encore plus fertile que mon utérus, pourtant si c'était iel[3] ?

Je songe à ces dernières semaines entre nausées, projections joyeuses et coups de flip. Je n'arrive plus à penser à autre chose qu'aux gosses. Je mange bébé, je dors bébé… Sur les marchés, je ne vois plus que des femmes enceintes et des petits bouts de chou adorables. Le moindre de mon temps libre est consacré à la lecture de livres ou de blogs sur la parentalité. Ma playlist YouTube est pleine à craquer de vidéos passionnantes sur le développement des enfants. Mon existence entière tourne déjà autour de ce petit être invisible. Comme d'habitude quand je me lance dans un nouveau centre d'intérêt, je suis pleine d'un enthousiasme si débordant qu'il s'insinue dans la moindre parcelle de ma vie. La différence aujourd'hui, c'est que je ne suis plus seule dans l'aventure. Un frisson de peur et de joie mêlées me parcourt. Dans quelle folie me suis-je cette fois hasardée ?

Je ne me lasse pas d'admirer les photos.
C'est beau, un tas de cellules en forme de petit humain.

____

[3] Pronom neutre.

Il pleut à verse aujourd'hui et je me sens tellement bien, blottie sous ma couette, dans mon vieux Jumpy aménagé. Les gouttes produisent un vacarme assourdissant sur la carrosserie. J'aime tellement ce son et ma proximité avec mon environnement extérieur. Ce cametar, c'est toute ma vie. Je sais pourtant que c'est la fin de notre belle histoire…

J'ai commencé à écumer les sites d'occase et je pense avoir trouvé mon nouveau bonheur : une capucine[4], une salle d'eau avec douche et WC, un coin cuisine avec frigo, gaz et table… Il y a même un panneau solaire pour une meilleure autonomie électrique ainsi qu'une grande soute pour mon matériel de marché. Toutes mes économies vont y passer, toutefois en revendant le camion j'aurai de quoi acheter les indispensables pour le bébé.

Ça va l'faire, comme le disait si bien mon grand-père paternel, Normand pure souche.

♡

— Surprise !

À en juger par le regard interloqué de Papa et Maman, elle n'est pas très bonne, ma surprise.

— Alors quoi, ça ne vous plaît pas d'être grands-parents ?

---

[4] Zone de couchage haute, au-dessus de la cabine de conduite.

Je sais que je peux être un poil impertinente, parfois. C'est une façon de me protéger en devançant l'inévitable confrontation. Compte tenu de mes innombrables choix de vie à la marge, j'ai bien dû me forger une belle carapace pour ne pas me briser…

— Mais tu ne peux pas le garder, sois raisonnable pour une fois ! Il ne s'agit pas que de toi, il y a un autre être en jeu.

J'aurais pu parier cette réaction de ma chère mère. Elle continue :

— Tu peux accoucher sous X. Il n'y a aucune honte à avoir, au contraire, c'est très courageux de choisir le bien de cet enfant.

C'est sûr qu'avec moi, il ne pourra qu'être mal, ce gosse !

— À l'étranger, ils sont plus souples pour les avortements. Il est peut-être encore temps…, ajoute Papa tandis que Maman acquiesce vivement.

— Tu sais bien que tu es incapable de t'occuper d'un enfant. Regarde comme tu es déjà incapable de t'occuper de toi-même !

Je ravale un sanglot et serre les dents. Mes parents n'ont jamais cru en moi. Déjà toute petite, j'étais une bonne à rien : trop rêveuse, pas assez sociable, infichue d'aller plus loin que le brevet des collèges…

Je détourne la tête afin de cacher mes larmes, prétexte un appel et me sauve déjà, avec mon portable en main pour seul alibi.

À quoi bon rester ?

Pourquoi conservé-je l'espoir que nos relations se pacifient ? Quelle blague, je finis toujours par repartir davantage détruite !

Avec toute leur bonne foi et tout leur amour, ils ne savent que distribuer un venin toxique à mon encontre. Si seulement j'avais pu correspondre à leurs attentes. Si je n'avais pas tout gâché en étant celle que je suis. En cet instant et comme à chaque fois, j'aimerais tant n'avoir jamais existé. Tout serait tellement plus simple sans ma présence sur Terre…

♡

Comme à mon habitude, j'ai donc surinvesti cette nouvelle situation. Après avoir épluché blogs et chaînes YouTube, j'ai commandé une tonne de livres sur la grossesse, la naissance et la parentalité. Vive Momox, sans qui je ne tiendrais pas niveau budget ! Au fil de mes lectures et de mes visionnages, je réinterroge mon enfance et mon être entier. Je grandis tout autant que ce tas de cellules en mon sein.

Comme toujours, mes choix sortiront des normes. Je suis conçue pour éviter les sentiers battus.

Mes rares amis m'ont tourné le dos et mes parents me brisent les ovaires. Ils ne savent s'entendre que pour me pourrir la vie. Avec la sage-femme, nous discutons longuement de mes envies « à la marge ». Je suis heureuse de l'avoir trouvée. C'est bien l'unique personne à me soutenir. Elle a accepté de m'accompagner pour une naissance à l'hôpital du coin. Elle sera à cent pour cent pour moi le jour J, sans intervention de l'équipe de la maternité, sauf pathologie. Elle a appelé ça un plateau technique. Le terme sonne un peu froid, mais le concept me plaît. Cela me rassure de savoir qu'elle sera seule avec moi. J'ai tellement peur de me retrouver face à des inconnus… Peur des gestes qu'ils et elles pourraient avoir sur moi. Aucun conjoint ne sera présent pour me défendre, pour protéger mon périnée d'un coup de ciseaux automatique et mon âme des réflexions paternalistes. J'aurais aussi pu faire appel à une doula[5], mais avec Maha, je sais que tout se passera bien et puis mon budget ne me permettrait pas l'intervention d'une deuxième professionnelle.

Pour l'heure, mon ventre s'arrondit et je ressens avec de plus en plus de finesse les

---

[5] Accompagnatrice non médicale (soutien moral et pratique) à une femme enceinte ou à un couple durant la grossesse, la naissance et la période néonatale.

mouvements du petit être en moi. J'aime poser mes mains sur ce renflement et percevoir les frémissements légers. Une bulle se forme peu à peu autour de nous deux. Elle est douce, rassurante, enveloppante et si pleine de tendresse… Lorsqu'elle apparaît, un flot d'amour monte en moi et vient faire perler mes yeux d'une émotion encore inconnue. Ce bébé est à peine arrivé qu'il me fait déjà chavirer.

Demain, je récupère ma nouvelle maison roulante, j'ai hâte de m'y installer, hâte de créer une autre bulle douillette pour nous réunir.

« Un camping-car pour les rassembler tous ! » Ça sonne un peu « Seigneur des anneaux » sur les bords et ça me fait marrer.

Oui, je sais, j'ai un humour totalement naze et tiré par les cheveux. Ceci dit, je m'auto-fais rire, c'est le principal.

♡

Les papiers sont signés, le chèque de banque donné. Me voilà comme une imbécile, seule dans mon nouveau vieux camping-car cinq étoiles (au moins !), un verre de Champomy à la main et un paquet de gâteaux apéro sous le nez.

Fiesta !

Avec l'ensemble de mes affaires, j'ai de quoi remplir deux placards seulement (je ne compte pas la soute, c'est pour le boulot). J'emménage dans un vrai palace, ma parole ! Je me sens heureuse, à ma place. Ce jour est à marquer d'une pierre blanche, un tel sentiment chez moi devient rarissime.

Comme un signe du Destin (avec au moins un « d » majuscule, berdol !), le ciel arbore un magnifique arc-en-ciel. C'est joli, même si l'enseigne du supermarché près duquel je suis garée gâche un peu la vue.

Je vais passer la nuit sur ce parking, demain j'ai plusieurs rendez-vous ici pour tenter de vendre le camion. Heureusement que j'avais tout aménagé dans les règles de l'art et effectué les démarches DREAL pour être aux normes… Du coup, je croule sous les appels. Tant mieux pour moi. Quand j'aurai récupéré l'argent, je pourrai passer à l'étape suivante : aménager notre chez-nous. Je suis pressée d'attaquer les travaux. J'adore bricoler. J'avais déjà pris un grand plaisir à concevoir ma première maison roulante, mais avec ce bébé à venir, la joie est encore plus intense. J'ai mille idées en tête depuis que j'ai validé le choix du modèle.

Avec un sourire sûrement béat, je regarde autour de moi. Je me trouve installée à l'arrière du véhicule. Cette zone forme un salon très lumineux : une banquette en U bordée de fenêtres sur trois côtés. Pour le moment, les housses défraîchies n'inspirent pas confiance et les rideaux exhibent un motif à vomir. Il manque également une table carrée, que je fixerai au centre, la précédente étant cassée. Sous la banquette où je suis installée se trouve un coffre assez grand pour contenir mon matériel de marché. Il est accessible par l'extérieur ce qui facilitera la mise en place. Le milieu du camping-car est divisé en deux parties : une kitchenette côté fossé et une salle d'eau côté route. À l'avant, outre la porte, on trouve à l'heure actuelle deux sièges en face à face et une tablette que je ferai sauter pour gagner en espace de vie. Enfin, le dessus de la cabine se pare d'une capucine qui sera mon nouveau lit. Tout est bien sûr blindé de placards qui s'avéreront très utiles pour les affaires du bébé, même si j'ai déjà renoncé à de nombreux gadgets.

Tout en grignotant mes biscuits salés, je visualise l'espace avec ses futurs aménagements. Ça sera tellement chouette ! Je suis excitée comme une gamine la veille de Noël !

Le temps des travaux, j'ai trouvé où planter une tente : un camping à la ferme situé à deux pas d'un magasin de bricolage. Ça sent un peu le lisier, mais c'est plutôt joli. Sauf les petites cabanes pour les veaux. Ça, c'est juste triste. Ils pleurent loin de leur mère et mon bide se serre de les voir seuls comme ça.

Pour éviter de déplacer mon camping-car, j'ai récupéré mon vieux vélo chez mes parents, ce qui me permet un minimum de mobilité. Je passe outre l'épisode de la visite chez les paternels, je préfère oublier l'événement. Rien que d'y penser, j'ai le stress qui monte en même temps que les larmes à mes yeux. Berdol, je deviens super émotive, ça doit être toutes ces hormones, je sais pas… En tout cas, c'est particulièrement chiant, je me sens plus vulnérable que jamais. D'habitude, j'arrive à cacher mes émotions avec brio. Mon visage sait en théorie rester impassible en toutes circonstances, sauf depuis quelques mois. Purée ! Toutes ces années d'entraînement pour me mettre à chialer à la moindre occasion, c'est bien ma veine.

La bonne nouvelle, c'est que les nausées se calment enfin. Depuis deux mois, mon corps n'acceptait plus que l'eau gazeuse et les haricots rouges, mais cette étape est visiblement dépassée. Youpi ! À moi les repas variés et l'eau du robinet. C'est mon budget flotte qui est content, de même que ma poubelle recyclage.

Aujourd'hui, le soleil est de la partie, ce qui m'a permis de démonter et sortir le mobilier sans encombre. Portes et tiroirs sont ainsi étalés un peu partout autour de moi, le temps de nettoyer et poncer le bazar. J'ai décidé de tout peindre en blanc pour gagner en luminosité. Côté sol, j'ai opté pour un linoléum gris clair, de même que pour le tissu des banquettes et des rideaux. Les touches de couleur seront apportées par quelques accessoires ainsi que par les coussins, cela me permettra de changer plus facilement en cas de crise existentielle décorative. À l'heure actuelle et pour la première version, j'hésite encore entre le turquoise et le lilas.

♡

Finalement, ce sera turquoise. J'ai de grosses envies de turquoise en ce moment. Il paraît que pour certaines femmes, ce sont les fraises, moi, c'est le turquoise. Va comprendre…

Je suis contente, les travaux avancent bien. J'ai une patate d'enfer ! Ça fait du bien, car le premier trimestre m'avait terriblement abattue. En dehors de la lecture et du visionnage de vidéos, je ne pouvais rien faire. J'avais même dû lever le pied côté marchés.

Aujourd'hui, les peintures sont OK à l'intérieur, le nouveau sol est posé et la salle d'eau est terminée avec de belles toilettes sèches à la place du WC chimique en plastoc. Le seau en inox est accessible par la soute extérieure, ça sera super pratique, je suis ravie de mon idée.

J'ai aménagé une trappe sur le côté pour stocker les copeaux. Je pense que le tout sera assez fonctionnel.

À l'avant, derrière le siège conducteur, j'ai viré la banquette et installé un étroit escalier afin d'accéder plus facilement à la capucine. Les marches forment en prime une bibliothèque pour les livres à venir du tas de cellules. L'assise en regard est devenue un super fauteuil moelleux et confortable. Entre les deux, il reste assez de place pour jouer au sol. Pourquoi pas de quoi installer un train miniature ? Gamine, j'aurais rêvé d'un tel jouet, mais n'avais eu le droit qu'à des Barbie kitschissimes… Boarf, si ça se trouve, iel adorera les poupées et il faudra bien faire avec ! Je sens qu'un grand travail sur moi-même s'annonce pour :

- petit un, combattre mes propres préjugés ;

- petit deux, ne pas chercher à faire uniquement plaisir à mon propre enfant intérieur ;

- petit trois, rester droite dans mes bottes envers et contre tous (les autres).

Fin de la liste à puces, retour au bilan des travaux.

La capucine a aussi été modifiée avec une planche de sécurité et un filet pour éviter les chutes.

Il me reste maintenant un gros travail de couture à réaliser. J'ai dû changer de camping à la ferme et dégoter une famille d'accord pour me louer une machine à coudre. J'espère ne pas avoir besoin de trop socialiser. Ils ont l'air gentils, mais je ressens vraiment le besoin de solitude en ce moment. J'ai épuisé mon quota de blabla avec les nombreux coups de fil nécessaires à mon entreprise de restauration. Et puis je ne dois pas perdre de temps, plus vite les travaux seront terminés et plus vite je pourrai reprendre la route et mon rythme habituel de marchés. Je suis descendue à deux jours par semaine de ventes en direct et mon compte en banque n'apprécie pas du tout la plaisanterie. Donc go, je termine en vitesse mon petit déj' et je passe aux choses sérieuses.

♡

Et voilà ! Notre chez-nous est terminé. J'ai ajouté un rideau doublé pour séparer la partie cabine du reste et un autre pour calfeutrer la porte en cas de grand froid. Lorsque l'on rentre, une trappe située sous le fauteuil, à droite, permet de cacher les chaussures. J'ai bon espoir de réussir à garder le sol propre au maximum grâce à ce petit rangement.

J'ai aussi ajouté un grand miroir sur la porte de la salle d'eau. En plus du côté pratique, cela donne une illusion de grandeur bien agréable.

Fichtre, je suis contente de moi ! Il ne me reste plus qu'à repartir sur les routes, enfin.

♡

Les semaines filent à toute allure, je prends mes marques dans le camping-car et, surtout, je me rapproche du terme à une vitesse affolante. Les galipettes se font plus intenses et mon amour pour le tas de cellules grossit autant que mon ventre. Cet enfant, je le sens à la fois si proche et si lointain. Si présent et si douloureusement absent. Existe-t-il vraiment, en dehors de mon esprit ? Impossible de comprendre qu'une mère est en train de naître en moi. Je suis comme un papillon emprisonné dans sa chrysalide : comment pourrais-je imaginer voler, moi qui n'ai connu que la marche solitaire.

Solitaire, je le suis plus que jamais. La simple présence de ce bébé en mon sein a éloigné les rares proches qu'il me restait. Maha, ma sage-femme adorée, m'a conseillé des réunions d'allaitement pour rencontrer d'autres mères et me constituer un nouveau réseau. Materner en solo risque de ne pas être de tout repos, partager serait indispensable. Je veux bien le croire, mais parviendrai-je à nouer des relations durables ? Je n'ai jamais su garder mes amis et le nomadisme n'aide en rien quand on choisit de rester à l'écart de cette communauté. La sororité maternelle suffira-t-elle ? La première rencontre se tiendra lundi prochain au domicile d'une animatrice bénévole. Elle a intérêt à être de bon conseil, car j'espère vraiment allaiter, ne serait-ce que pour des raisons économiques…

♡

Retour de réunion… Bilan mitigé. Je n'ai pas trop osé parler face à ces quatre femmes qui se connaissaient visiblement bien. L'une d'elles allaitait deux enfants à la fois dont une grande de trois ans, au moins. Ça m'a fait vraiment bizarre. Le lire est une chose, le voir en est une autre. J'ai du mal à m'imaginer avec un gamin capable de parler accroché à mon sein. En même temps, je comprends les arguments en faveur de ces allaitements longs — ou plutôt non écourtés, comme le disait cette mère. Pour autant, ma compréhension n'est qu'intellectuelle, impossible de ressentir une quelconque normalité à l'heure actuelle. J'imagine que c'est en grande partie dû au conditionnement de notre société. Je pensais avoir déconstruit beaucoup depuis l'adolescence. Mes choix de vie ne se sont pas faits sans une certaine dose de souffrance ni sans casser à la massue beaucoup de mes idées reçues. Reçues par mon éducation, bien sûr.

Cette grossesse, toutefois, apporte son lot de nouvelles contradictions. Un déluge de nouvelles contradictions, même. Chaque étape est un nouveau mur à franchir… ou à contourner.

Le bébé effectue soudain une cabriole qui vient titiller ma vessie. Je bénis mes super toilettes sèches, quel pied d'être équipée ainsi ! Comment ai-je pu vivre sans WC aussi longtemps ?

♡

Mes doigts pianotent nerveusement sur l'accoudoir du siège. Mes yeux, quant à eux, fixent une affiche et je lis pour la millième fois les informations qu'elle dispense sur le don de sperme. Ça me fait penser au géniteur du petit tas de cellules. Je me sens satisfaite qu'il soit aussi anonyme que ceux dont il est question sur la pancarte. Je n'aimerais pas qu'une tierce personne vienne sans autorisation mettre le bout de son nez dans ma vie.

— Madame Dubuisson ?

L'anesthésiste entre dans la salle d'attente et m'invite à la suivre dans son bureau.

— Je vois que vous comptez sur une naissance en plateau technique, soupire-t-elle en prenant connaissance de mon dossier.

Elle ne cherche même pas à dissimuler son mépris.

— Faudra pas pleurer si je ne suis pas disponible pour vous poser la péridurale quand vous craquerez.

Je serre les dents, le rouge me monte aux joues. Me voilà muette, incapable de répondre quoi que ce soit. Sa posture est d'une condescendance et d'un paternalisme insupportable.

— Enlevez vos chaussures et montez sur la table d'examen.

Je m'exécute et m'assieds avec raideur. Sans m'indiquer ce qu'elle s'apprête à faire, elle soulève mon tee-shirt et examine mon dos en grommelant.

— Tendez le bras.

Elle installe le tensiomètre sans un mot de plus. Le reste de l'examen se révèle du même acabit : entre gestes mécaniques et remarques acerbes au sujet de mon projet de naissance. Par chance, le rendez-vous est expédié et je ressors bien vite.

Ne reste plus que la rencontre avec la sage-femme et je serai enfin libre. Me voilà de retour à la case « salle d'attente », mais deux étages en dessous. Ça a un petit côté « Les douze travaux d'Astérix » un poil angoissant. Berdol, que je déteste les hôpitaux ! Entre l'odeur caractéristique du désinfectant, les bips des machines et les blouses blanches à chaque coin de couloirs… Je sens le shutdown[6] proche, pourtant je dois tenir, pour le bien du petit tas de cellules. Je serai bien contente d'être prise en charge correctement par l'équipe médicale en cas de naissance pathologique. Bon, quand même, pourvu que je n'en aie pas besoin… À la simple idée de me taper l'anesthésiste entre deux contractions, je frissonne.

— Madame Solange Dubuisson ? Si vous voulez bien me suivre, la salle d'examen est juste ici.

C'est une femme également, très grande et charpentée. Ses sabots en plastique couinent sur le lino du couloir. Le regard bloqué sur ses pieds, je la suis, comme absente.

— Installez-vous. Vous êtes suivie par Maha pour un plateau technique, si j'en crois votre dossier ?

Je hoche la tête d'un mouvement automatique, prête à encaisser une nouvelle remarque assassine.

— Super, c'est un beau projet ! J'ai travaillé avec elle il y a quelques années, c'est une personne extrêmement compétente. Vous serez bien accompagnée.

La surprise ramollit chacun de mes muscles et je manque m'écrouler sur ma chaise. Quel

---

[6] Implosion : paralysie apparente par mise en veille du cerveau et repli sur soi…

ascenseur émotionnel, cette visite à la maternité ! L'entretien s'étend sur plus d'une demi-heure. Quand je relate l'échange que je viens d'avoir quelques étages plus haut, elle me parle d'un autre anesthésiste qui travaille à l'hôpital.

— Sa devise, c'est de respecter toujours au maximum les volontés des parturientes. Il est absolument adorable. De même, l'équipe des gynécologues est très au fait de la physiologie, ils font au mieux pour limiter les interventions.

Après avoir noté dans le menu détail mes attentes en cas de transfert, elle me laisse partir sur un : « En espérant que vous n'aurez besoin ni de moi ni de mes collègues gynécologues ! » qui me fait fondre de bonheur.

♡

J'ai voulu sortir ce soir, la grossesse booste ma libido, c'est juste dingue ! En quelques clics, j'ai trouvé un lieu sympathique à proximité. Les photographies du site Internet annonçaient une salle cosy et une fréquentation pile dans mes cordes : ouverte sans tomber dans l'hypersexualisation. Pourtant, contrairement à mon habitude, je n'ai suivi aucun·e humain·e pour un moment câlin. Je ressentais trop de fétichisme malsain dans les regards. Me sentir considérée comme un objet m'a filé la nausée.

Alors non seulement j'ai socialisé pour rien, mais je rentre au camping-car, frustrée comme pas possible. Les plaisirs solitaires OK, mais mon corps aurait tant aimé recevoir les caresses d'un·e autre cette nuit…

3.

Musique de film en fond sonore, vue magnifique sur un lac, couleurs orangées d'un explosif coucher de soleil. Existe-t-il plus beau cadre pour travailler ?

Installée sur la banquette de mon camping-car, emmitouflée dans une large polaire, je tresse mon osier puis le lie autour d'un fragment de pierre roulée. Cette paire de boucles d'oreilles sera superbe. Les deux labradorites blanches utilisées offrent des reflets bleus splendides. Il me tarde de les admirer portées. J'aime voir mes créations mettre en exergue la singularité des gens.

Avec un regard satisfait, je couve des yeux la boîte contenant mes modèles achevés. J'ai beaucoup avancé cette semaine et bien renfloué mes stocks. En prévision de l'arrivée du petit tas de cellules, j'ai repris plus sérieusement ma boutique en ligne. Si j'arrive à augmenter mes ventes à distance, cela me permettra de courir un peu moins les marchés. Je ne sais pas comment vont se passer les premiers mois en compagnie de cet enfant, aussi je préfère prendre toutes mes précautions. Je vais bénéficier d'indemnités journalières, l'arrêt mat' en lui-même ne me fait pas peur ; la reprise, davantage. Maha m'a parlé du congé parental.

En me déclarant à cinquante pour cent, la CAF me versera une petite aide jusqu'aux six mois du bébé : l'idéal pour prendre nos marques en douceur. Enfin ça ne sera rien de mirobolant : l'équivalent d'un plein d'essence par mois en gros…

Il me reste encore une semaine de travail avant d'être officiellement en pause. Ma date proximale d'accouchement est le douze novembre. Je ne suis pas sûre d'avoir hâte. Le sentir en moi, même s'il passe son temps à battre des pieds dans mes côtelettes et que mon bassin me fait mal à chaque changement de position, c'est quand même sacrément incroyable. Je conserve un poids raisonnable et subis peu de désagréments (merci, ma bonne étoile !), ça joue assurément sur mes ressentis. Je comprends que certaines grossesses se vivent moins bien que la mienne. Quand d'autres trépignent en attendant la naissance, je profite de l'instant présent voire tente de l'étirer au maximum. Ma vie s'apprête à changer du tout au tout, serai-je un jour prête pour le deuxième volet de mon existence ?

♡

Oh…
Un drôle de pincement dans le bas de mon ventre vient de me réveiller.

Est-ce ça, une contraction ? Contrairement à beaucoup d'autres squattées de l'utérus, je n'ai pas eu la joie d'y goûter en avant-première. Une chance, sûrement.

Je pose une main sous ma chemise de nuit (en vrai, un vieux tee-shirt XXXL trop doux). Le petit tas de cellules m'envoie un coup de coude, ou de genou, aucune idée de comment c'est installé là-dedans…

Quelques rayons automnaux commencent à illuminer le camping-car. Je me sens pleine d'une intense énergie ce matin. Une grande douceur m'a envahie. Je plane paisiblement. Comme si je venais de consommer de l'herbe. Je roule sur le côté et observe mon chez-moi depuis la capucine. J'ai l'intime conviction que c'est la dernière fois (avant très longtemps) que je suis seule dans ce lit.

Hier soir, j'ai laissé en plan la vaisselle dans l'évier et tout mon matériel de travail sur la table du salon. Au milieu des pinces et des brins d'osier, plusieurs pierres brillent au soleil naissant. Cela me semble être une invitation à la création. Je descends avec gaucherie les quelques marches de la bibliothèque. Ça tire d'un peu partout, purée ! Je grimace en accompagnant mon corps devenu balourd.

Assise sur mes toilettes, la surface de mon ventre se durcit à nouveau, l'espace d'une vingtaine de secondes seulement. Je souris béatement.

— Ça y est, mon petit tas de cellules, tu te décides à pointer le bout de ton nez ?

Je nous caresse délicatement et les larmes me montent aux yeux. Ça n'arrête pas en ce moment. Le moindre événement se transforme en un désarroi envahissant. Je ne sais pas si j'aime me sentir à fleur de peau. C'est particulièrement déstabilisant. Il m'avait fallu tant d'efforts pour camoufler mon hypersensibilité. Le barrage de mes émotions a subi un démantèlement dans les règles, plus rien ne s'oppose à leur expression.

Bref, je ne vais pas rester à chialer sur le trône quand même ! Je me lève en soufflant, recouvre mon bazar d'une louche de copeau et referme l'abattant.

Passionnante, ma vie, n'est-ce pas ?

J'ai une grande envie de bananes pour mon petit déjeuner, alors go !

Un petit régime englouti plus tard, je m'active sur ma vaisselle puis m'attaque au montage d'un collier en quartz rose. Un prétravail se met en place doucement et ponctue mon bricolage. Il est un métronome qui me redescend sur Terre à intervalles réguliers. En même temps, à chaque nouvelle occurrence il m'envoie un peu plus en orbite, dans un autre monde. Un peu à la manière d'une séance de méditation. Ce n'est pas douloureux pour le moment. C'est presque agréable. C'est la promesse de la vie toute chamboulée qui m'attend.

♡

Mon camping-car est plus rangé que jamais. Une subite envie de tout nettoyer m'a prise. Maintenant que ça brille, ce qui me ferait plaisir, c'est un chocolat chaud au « lait » de noisette avec une bonne baguette croustillante. Je m'installe au volant et quitte à regret le coin de nature que j'avais dégoté trois jours plus tôt.

Dans le village d'à côté, je trouverai bien une boulangerie. Ensuite, je me rapprocherai de la maternité. Le prétravail se poursuit. Les contractions reviennent toutes les dix minutes environ, mais toujours aussi douces.

Je sens vraiment que c'est pour aujourd'hui. Alors que je fais la queue pour obtenir mon pain, mon ventre se resserre une énième fois. Je suis la seule, avec mon bébé, à savoir ce qui se trame. Un grand secret nous lie l'un et l'autre. C'est tellement magique !

Purée, je suis d'une gaga-attitude absolument navrante ! Et me voilà en train de débattre avec plusieurs parts de moi : celle qui s'extasie, celle qui demeure blasée, celle qui flippe à mort…

Navrante que je suis !

Jamais petit déj' improvisé à quatre heures de l'après-midi ne m'aura paru si savoureux ! Je termine avec délice mon jus d'orange fraîchement pressé quand une grande humidité inonde mon vagin. Serait-ce la poche des eaux ? Je me rue aux WC.

Bon, c'est pas très glamour, mais il semblerait que ce ne soit que la perte du bouchon muqueux. Une substance légèrement rosée recouvre le PQ.

Je me sens ridicule à scruter ainsi une feuille de papier toilette. Heureusement que personne ne me voit. Je repense à ce film des années quatre-vingt-dix, *The Truman Show*. J'espère bien ne pas faire partie d'une telle émission de téléréalité. Ce serait trop la honte.

J'ai à peine le temps de sortir de la salle d'eau qu'une contraction plus intense irradie de mon ventre jusqu'au col de mon utérus.

Cette fois-ci, le travail commence pour de vrai. Exit la mise en bouche délicate.

— On va le faire, mon petit tas de cellules ! J'y crois !

J'attrape mon portable et prépare un SMS à destination de la sage-femme. Elle risque de ne pas passer la soirée en famille, ma chère Maha…

Une minute à peine plus tard, le smartphone vibre : « Super, Solange ! Dès que tu sens que tu as besoin de moi, tu me textes et on se rejoint en salle nature ! ».

J'hésite… Rester ici ou me garer sur le parking de l'hôpital pour n'avoir plus qu'à faire quelques pas ? En couple, je serais restée le plus longtemps possible près de la rivière où je suis installée. Mais seule, c'est plus raisonnable de ne pas conduire avec de violentes douleurs. Je ne sais pas à quoi m'attendre. Dans le doute, je préfère réaliser les trois derniers kilomètres qui me séparent de la maternité dès maintenant.

♡

Ouaip, j'ai bien fait de prendre le volant rapidement. Ça pique quand même, ces conneries de contractions !

Je coupe le moteur et baisse tous les rideaux. Le soleil n'est pas encore tout à fait couché et j'ai envie d'obscurité. J'allume une bougie que je place dans l'évier pour éviter tout risque. Je plane à moitié et j'ai pas envie de foutre le feu à ma maison.

Une nouvelle vague me cueille. Spontanément, ma bouche s'ouvre et ma gorge laisse échapper une étrange vocalise animale. Mon souffle accompagne ce son tout au long de la contraction. Ça alors, si je m'attendais à « chanter » comme ça ! J'espère qu'il n'y a personne dans les dix mètres à la ronde, sinon ça va flipper sévère.

La puissance monte d'un cran. Tout s'accélère. Sans trop savoir comment, je me retrouve à quatre pattes sur le sol et me balance de gauche à droite pour accompagner cette singulière crampe.

Moment de pause, reprise, le temps disparaît… Flux, reflux, je chante et danse, comme possédée.

Arrêt sur image, j'ai envie d'un bain !

C'est un signe, il est temps d'appeler Maha. J'ai du mal à composer le numéro, je navigue dans un drôle de brouillard. Le monde autour de moi n'a plus rien de réel. Seuls mon bébé et mon corps existent. C'est difficile d'imaginer briser cette bulle en quittant mon camping-car. Il le faut pourtant. Ma sage-femme sera là pour m'accueillir d'un moment à l'autre. En entendant ma voix, elle a insisté pour me rejoindre sur le parking et m'escorter vers la salle d'accouchement.

À intervalles réguliers, mon corps se balance de lui-même et produit des vocalises gutturales. Une partie de mon cerveau m'observe d'un air dubitatif. Il s'agace un peu de ne plus avoir aucune prise sur les événements. Lui qui aime tant maîtriser, toujours. Il se sent inutile comme jamais.

Quelques coups discrets frappés sur la porte de mon camping-car.

— Solange, c'est Maha.

Je me lève à regret et ouvre le verrou.

— Bonsoir…

Son large sourire bienveillant m'accueille.

— On y va ? Donne-moi ta valise.

J'attrape le sac posé sur le fauteuil à ma gauche, le tends avec mollesse puis attrape la main libre de ma sage-femme pour descendre les trois marches.

— Je souffle la bougie et verrouille ton chez-toi, Solange. Tu peux être sereine.

Heureusement qu'elle pense à tout, je serais partie sans y songer.

♡

Les lampadaires du parking diffusent une douce lumière. Un petit vent frais m'a saisie dès ma sortie, puis Maha m'a enroulée dans une grande polaire douce et chaude. Quel ange que cette femme !

Au beau milieu du passage piétons, une contraction stoppe ma marche. Je ne me préoccupe même pas d'un éventuel véhicule. Maha est là pour nous protéger, mon petit tas de cellules et moi. Je me balance doucement d'un pied sur l'autre, en rythme avec la mélodie intérieure qui emplit tout mon être. La vague s'éloigne. Je reprends ma progression en direction du massif bâtiment vitré.

La sage-femme me guide vers une porte étroite à l'arrière de la maternité. L'entrée des artistes. Le couloir est obscur et cela me convient tout à fait. Je crains les néons. Mon besoin de cocooning n'y résisterait pas.

Il faut pourtant bien traverser le service pour rejoindre la salle nature. Mes paupières clignent, je lâche un soupir agacé.

— Ferme les yeux si tu en as besoin, Solange. Je suis là…

Je m'abandonne au creux de son bras le temps d'une nouvelle contraction.

Sans trop savoir comment je suis arrivée là, je me retrouve soudain dans la salle d'accouchement.

La grande baignoire trônant en son centre m'appelle. En une fraction de seconde, je me dresse nue. L'atmosphère douce et chaude de la pièce m'enveloppe. Maha a réglé la lumière au plus bas, c'est parfait.

Très vite, le bruit de l'eau m'entoure et je m'abandonne aux sensations.

La douleur est intense. Mes mains trouvent d'elles-mêmes le chemin de mon entrejambe et s'y arrêtent. Je plaque mes paumes contre mes lèvres et mon clitoris. Ça semble plus facile à accompagner ainsi. Vocalises, balancements, stimulations… Mon corps possède des ressources insoupçonnées pour m'aider. Je lui fais confiance, je suis sereine. Pour le moment.

♡

Les minutes s'égrainent. Les heures, peut-être ? Je ne saurais dire. La tête posée sur mes bras croisés au bord de la baignoire, je m'endors. Les contractions s'apaisent, je suis dans l'œil de l'ouragan. Maha disparaît puis apparaît au gré de mes envies, sans que j'aie eu besoin de prononcer un seul mot. Est-elle une magicienne ?

Brutalement, les vagues reviennent en force. C'est si soudain et intense ! Comment y survivre ? La douleur s'amplifie à chaque contraction. Une brûlure de plus en plus violente envahit mon dos et ne me lâche plus.

Un sanglot m'échappe.

Aussitôt, ma sage-femme vient masser mes reins avec des mouvements appuyés et dynamiques. C'est bon, ça fait un bien fou. Pourtant, de contraction en contraction, je sens tout espoir s'éloigner. J'ai subitement peur. Une peur terrible, qui balaie tout sur son passage.

— Je n'y arriverai jamais, lâché-je dans un souffle.

— Tu es parfaite, vous êtes parfaits, ton bébé et toi. Il sera bientôt là, dans tes bras…

Ces quelques mots dispersent mes craintes. Elles s'envolent dans la tempête qui broie mon corps. Une immense puissance me traverse subitement. Elle s'empare d'abord de ma tête et de mes mains, se propage le long de mes bras, de mon torse… Cette incroyable force conquiert mon utérus qui devient plus vivant que jamais.

— Il arrive !, hurlé-je en sentant la tête de mon bébé s'engager dans mon col.

C'est énorme, ça se met à pousser tout seul.

— Oh mon Dieu !

Si j'avais cru prononcer un jour ces paroles, moi, l'athée de service !

Une partie de mon être observe la scène de loin, avec une froideur implacable.

L'autre partie est bien malgré elle entraînée dans ce hurricane impitoyable.

Je ne peux rien faire, mon corps et le bébé ont pris possession de moi.

Une fois, deux fois, trois fois…

Je perds le compte et le décompte du temps, à nouveau.

— Ça brûle, ça brûle !

— Le voilà, me rassure Maha en touchant mon épaule d'un geste doux.

Toujours dans le bain, je pose une main sur mon périnée au supplice. La tête de mon bébé, dure et soyeuse, glisse sur ma paume.

Plus rien. Je reprends mon souffle. Je peine à y croire, il y a une tête entre mes cuisses, berdol !

Puis la poussée revient, inexorable.

Je sens le petit corps (petit, mon cul oui !, ajoute une voix dans ma tête) pivoter puis atterrir dans mes mains, au fond de l'eau.

4.

Il est là et c'est tout. Encore dans le bain, entre mes jambes.

Je reste immobile, comme hallucinée.

Maha respecte ce moment de flottement. Elle sait que mon bébé ne risque rien, encore relié au placenta par le cordon.

Aucune émotion ne parvient à me traverser après ce marathon si intense.

Peu à peu, j'atterris. Mon regard se pose sur la forme dans l'eau. Elle bouge, l'air surpris.

Enfin, je l'attrape plus avant, avec une tendresse infinie. Aussi infinie que celle qui m'envahit tout entière.

Je recule jusqu'à m'asseoir sur le rebord de la baignoire et remonte l'enfant contre mon sein pour mieux l'observer, pour mieux le rencontrer.

Ses grands yeux s'ouvrent et me dévisagent en même temps qu'un souffle léger l'anime au contact de l'air. Ses poumons s'emplissent avec un bruit étrange, sans pleur.

Dans ses iris et ses prunelles, je lis tous les mystères du monde. Il transperce mon âme et la colonise implacablement. Mon cœur explose d'un amour trop grand pour lui.

Mon bébé est là. C'est si incroyable. Je ne parviens pas à réaliser.

— Bonjour, mon petit tas de cellules. Bienvenue dans mes bras, mon amour.

Je ne résiste pas au besoin de porter son front à mes lèvres pour l'embrasser. Il râle un peu comme le mouvement l'éloigne une seconde de mon corps.

Maha nous enveloppe dans une grande serviette, sans un mot.

Je ressens l'envie de me lever et de sortir de l'eau. J'ai soudain un rejet viscéral pour ce bain si accueillant quelques minutes auparavant.

Je m'extirpe maladroitement de la baignoire et me mets à marcher dans la pièce, le cordon toujours entre les jambes et l'enfant contre moi. Mes yeux marrons n'arrivent plus à quitter les siens, si intenses. Les quelques filets de sang qui coulent le long de mes jambes n'ont aucune importance, pas plus que la serviette mouillée à ses extrémités qui goutte sur le sol. Il n'y a plus que nous au monde.

Ses lèvres s'arrondissent, sa petite langue apparaît entre ses gencives. Un son s'échappe de sa bouche : « neh ! ». Sa tête tourne à gauche et à droite, à la recherche de mon sein, probablement. Je m'assieds sur le lit recouvert d'une alèse jetable par Maha.

— Veux-tu te caler en position semi-assise ?, me propose la sage-femme.

Je hoche la tête sans quitter mon enfant du regard.

Elle s'active aussitôt pour placer des coussins dans mon dos.

C'est parfait ainsi. Doucement, avec des gestes maladroits, mon bébé s'approprie mon sein. Cela n'a pas l'air facile. Il ne parvient pas vraiment à téter.

— Ça va venir, me rassure Maha avec un large sourire.

Enfin, mes yeux s'arrachent à la vue du petit tas de cellules… mais au fait ! Vulve ? Pénis ? En essayant de ne pas gêner la découverte de la tétée, j'écarte la serviette.

C'est un sexe féminin qui se cache entre les deux cuisses potelées.

Une petite fille, a priori. Se sentira-t-elle femme en grandissant ? Une multitude d'avenirs m'assaillent soudain, c'est trop. Je les chasse d'un souffle agacé. Pour l'heure, j'ai juste envie de profiter du moment présent.

Quoique… Une nouvelle contraction vient de me vriller le ventre. Encore ?

— Le placenta se décide à naître à son tour ?, m'interroge la sage-femme avec un sourire.

— Je crois bien que oui, réponds-je avec une grimace.

J'ai subitement peur à l'idée de la douleur. J'en ai assez, j'ai envie de profiter d'Ilona maintenant.

Ilona, ce nom s'est imposé à moi à l'instant. Il faisait partie de ma liste, mais je n'avais pas réussi à départager les finalistes. « Éclat de soleil ». Voilà un nom qui te va à ravir, ma fille, ma toute petite humaine.

Ses yeux s'ouvrent et se ferment tandis qu'elle tétouille maladroitement mon mamelon gauche.

Enfin, le mouvement gagne en assurance. Ça me pince, j'ai l'impression d'avoir un caneton au bout du sein.

— C'est pas très agréable, soufflé-je.

La sage-femme s'approche.

— Elle n'ouvre pas encore la bouche assez grand. Quand elle aura attrapé le coup de main, ça ne devrait plus être douloureux. Essaie d'appuyer doucement sur son menton pour l'aider à ouvrir la mâchoire. Tu peux aussi basculer son corps pour avoir vos ventres l'un contre l'autre. Voilà, c'est parfait.

Une nouvelle contraction arrive. Je n'aime pas ça. Il m'embête, ce placenta de merde ! L'arrivée du bébé donne l'illusion que tout est fini, or il n'en est rien. J'ai l'impression de me faire arnaquer, berdol !

C'est long… Cette fois-ci, mon corps fait le mollasson, lui que je sais maintenant si puissant. J'en suis réduite à pousser pour en finir au plus vite.

Enfin, après d'interminables minutes de contractions, ce fichu placenta finit par sortir.

Libérée, délivrée !

Merdum, je vais avoir la chanson dans la tête maintenant. Tu parles d'une anecdote à raconter pour les vingt ans d'Ilona…

Maha félicite la naissance du placenta et entreprend de vérifier son intégrité. Je me penche pour l'observer, avec curiosité. C'est tout de même lui qui nous reliait si intimement toutes les deux pendant ces presque neuf mois de vie plus que commune.

Ilona s'est endormie, sereine, au creux de mes bras.

Pendant ce temps, ma sage-femme m'explique tout de ce qu'elle nomme « l'arbre de vie ». Je pourrais presque le trouver beau, grâce à cette visite guidée, ce morceau de chair sanguinolent. Maha a l'air de le trouver beau, elle.

— Est-ce que tu veux que nous coupions le cordon, maintenant ?

Je hoche la tête. Elle prépare le matériel puis me tend la paire de ciseaux.

Et chlac !

En cet instant, une grande solitude m'envahit. N'y aurait-il pas dû y avoir un conjoint ou une conjointe pour réaliser cet acte ? La montagne de responsabilités m'ensevelit. Comment vais-je réussir, seule, ce défi d'accompagner Ilona dans sa vie ?

Maha a perçu ma détresse soudaine. Elle a mis sa main sur mon bras et me regarde avec douceur.

— Regarde ce que vous avez accompli toutes les deux. Vous êtes fortes, n'en doute jamais.

♡

— J'ai méga faim !

Maha éclate de rire.

— Super, c'est bon signe. Tu avais pris de quoi grignoter dans ta valisette, je crois.

— Des petits pains chocolatés, oui.

— Parfait, je te les apporte.

— Mmmmm…

Ilona s'éveille à demi.

— Veux-tu que j'en profite pour l'examiner ?

Je hoche la tête tout en mordant dans le goûter. Quand elle attrape ma fille, je retiens un mouvement animal pour la reprendre.

Ouhaou… Je ne m'attendais pas à me transformer en pareille féline.

La sage-femme manipule ma fille avec une grande douceur. Malgré cela, Ilona émet des petits cris de protestation qui me déchirent le cœur. J'ai tellement envie de la garder contre moi plutôt que de la voir dans le hamac de pesée.

—Trois kilos et six cent vingt grammes. Joli modèle. Je la pose près de toi pour la mesurer. Voilà, allez, demoiselle, allonge ta jambe… Cinquante-deux centimètres. Et le périmètre crânien… Trente-quatre centimètres.

Elle note les renseignements dans le carnet de santé. Sur la couverture, Maha a inscrit de sa belle écriture attachée ces deux mots : « Ilona Dubuisson ». Je suis tellement émue de découvrir ce document. C'est comme si ce petit cahier hurlait au monde l'existence de ma fille.

— À quelle heure est-elle née, au fait ?

— 23 h 57.

Je souris, mon intuition matinale était juste, elle est bien arrivée dans la journée du huit novembre. C'était moins trois, si je puis dire !

— Veux-tu que je t'examine à ton tour ?, me propose Maha en installant Ilona sur ma poitrine, en peau à peau. Ça donne quoi, côté ressenti, au niveau du périnée ?

— Mis à part l'impression d'avoir fait passer un trois tonnes ?, ris-je. Ça va, franchement, ça va. Mais je veux bien que tu jettes un œil.

Pour éviter de me concentrer sur mon inquiétude, je me replonge dans l'observation de ma fille. Elle est si belle : pas fripée pour un sou et une peau si douce, si lisse… Elle sent divinement bon. Son crâne est recouvert de petits cheveux bruns.

— Ton périnée est intact. C'est impeccable ! Aucune suture à prévoir. Tu as juste une très légère éraillure qui ne devrait pas te gêner.

Ouf, j'avais tellement la trouille à l'idée de finir avec un vagin en ruine. On entend tellement d'horreurs dans les témoignages… Celui de ma mère en tête de liste !

— Alors, comment te sens-tu, Solange ?

— Vraiment bien. J'ai une énergie de dingue, ça me paraît invraisemblable !

— C'est l'effet des hormones, je ne te cache pas que ça va vite s'estomper…, plaisante Maha dans une grimace comique. Du coup, tu optes pour la sortie anticipée ou tu préfères rester à la mater' quelques jours ?

Retourner dans mon camping-car, seule avec Ilona, j'avoue que ça m'inquiète sacrément. L'idée d'une hospitalisation me fiche toutefois encore plus la trouille. J'ai vraiment une peur panique des hôpitaux. Les quelques rendez-vous obligatoires ont été un supplice, malgré la gentillesse de la dernière sage-femme. D'ailleurs, je ne me concentre pas trop sur le fait d'être à l'heure actuelle dans un tel endroit, sinon j'aurais le palpitant en folie. Heureusement que Maha est là, je suis comme sur une île au milieu d'une mer infestée de congres. Rigolez pas, c'est flippant, un congre ! Les requins, à côté, c'est de la gnognote !

— Je préfère rentrer chez moi. Enfin, chez nous…

— Que dirais-tu de profiter de ma présence le temps d'une bonne douche ici ? Je peux prendre soin de ta puce quelques minutes. Si tu es toujours d'attaque, ça vous fera sortir à huit heures.

Je valide d'un signe de tête vif. Pourtant, au moment de lui confier Ilona, mon cœur se serre. Je prévois de m'éloigner de quelques mètres seulement, mais cela me semble déjà trop.

Elle ne se réveille même pas. Voilà de quoi me rassurer. Bon, OK, c'est presque vexant aussi !

Quand je me lève, ma tête tourne légèrement, comme si j'avais bu un peu trop d'alcool. Heureusement, la cabine se trouve juste dans l'angle de la pièce. La pomme est large, je me glisse avec délice sous la cascade chaude. Ma main savonne ma peau et s'attarde sur mon ventre vide et flasque. Une bouffée d'émotion et de nostalgie m'envahit. Il n'y a plus personne en moi. C'est bel et bien terminé. Revivrai-je un jour cette incroyable symbiose ?

J'attrape ma serviette et me sèche avec vigueur avant d'enfiler des vêtements propres et confortables. Sans oublier un superbe shorty jetable pour absorber les lochies. Y'a pas à dire, enfanter, c'est d'un sexy… Finalement, heureusement que je suis célibataire. N'importe quel conjoint ou conjointe aurait probablement envie de se barrer en cet instant.

Mes yeux se posent sur ma fille et je fonds.

Non, personne n'aurait envie de « se barrer » devant une telle merveille…

♡

Il est huit heures et nous voilà hors de la maternité. Maha nous accompagne jusqu'au camping-car. D'un commun accord, nous avons décidé de rester sur le parking de l'hôpital quelques jours, le temps de nous acclimater et de nous assurer que tout roule. Il y a une supérette juste à côté en plus, c'est vraiment idéal. Blottie contre moi, à l'abri du vent qui souffle en tempête, Ilona semble si minuscule, si fragile. Ma belle énergie est toujours présente, mais la fatigue commence à s'insinuer dans mon corps tout entier. J'ai hâte de me glisser dans mon lit.

Nous nous engouffrons dans le camping-car.

— Ça va aller pour monter dans la capucine ?, s'inquiète ma sage-femme.

C'est vrai que je suis un peu empotée pour le moment, avec ce si petit bébé dans les bras.

— On va bien voir !

J'ai pris une voix assurée bien que je n'en mène pas large.

— Je reste le temps que vous soyez bien installées toutes les deux.

Comme je n'ai pas souhaité habiller Ilona pour le moment, je branche mon mini-chauffage sur la prise électrique de la capucine. Malgré la couverture polaire, j'ai peur qu'elle ressente le froid automnal. Ce petit dispositif ne paye pas de mine, mais il est efficace, muni d'un thermostat, et ne consomme pas tant que ça. J'en ai également un dans la salle d'eau et un dans le salon. Cela me permet de ne pas toujours tirer sur le gaz. La plupart du temps, ils suffisent amplement et mes panneaux solaires m'assurent une belle autonomie.

— Veux-tu que je prenne Ilona pendant que tu prépares tout comme tu le souhaites ?

Je fais un signe de tête négatif. Je n'ai pas envie de voir ma fille loin de moi pour le moment. Je crois que j'ai aussi besoin de me sentir capable de faire seule. Dans une heure, je n'aurai plus le choix…

Heureusement pour mon ego, je m'en sors. Avec une main (et mes pieds), j'ôte mes chaussures que je range dans leur placard, attrape une pile de petites serviettes éponge que je pose dans la capucine pour absorber pipis et méconium, place une bouteille d'eau et des cotons afin de nettoyer les fesses au besoin, enfin j'ajoute téléphone, liseuse, ordinateur portable, thermos et biscuits dans le lit. Me voilà parée pour la journée. Il ne nous reste plus qu'à monter.

J'ai un peu mal partout, mais j'arrive à grimper sans même réveiller ma petite puce. J'imagine que c'est comme pour le sport : les courbatures seront plus violentes dans les jours à venir. Je n'ai pas hâte ! Avec un soupir de contentement, je me glisse sous la couette. Enfin, je glisse mes jambes sous la couette. Pour le haut du corps, c'est tintin. Avec le cododo, je ne prendrai pas ce risque.

— Bien, on dirait que tu as fait ça toute ta vie, Solange ! Je vais pouvoir rentrer maintenant. Si je reviens demain à neuf heures, ça te va ?

— Ça sera parfait, Maha. Je crois que je vais dormir pour commencer.

— Voilà une idée des plus raisonnables, s'amuse ma chère sage-femme. Prenez bien soin de vous. À demain.

5.

La porte se referme. Nous voilà bel et bien seules, chez nous. Ilona dort paisiblement sur mon ventre. J'ai calé mon bras droit contre le coussin d'allaitement et je caresse tendrement son épaule de ma main gauche. Je me sens flotter dans un coton épais. C'est sacrément efficace, ces hormones ! Avec un sourire probablement bien niais, je ferme les yeux et me laisse glisser dans le monde des rêves.

♡

Elle a bougé à peine un sourcil que je suis réveillée. Sa bouche s'ouvre et se ferme tandis qu'elle cherche mon sein dans un demi-sommeil. Je soulève mon tee-shirt et la guide vers mon mamelon. C'est un peu douloureux quand elle le prend. Je serre les dents et essaie d'appliquer tant bien que mal les conseils de Maha. Ça continue à être désagréable, mais supportable.

Tout à coup, j'ai très soif. J'attrape ma bouteille thermos et me sers maladroitement une tisane à peine tiède. Il faut dire qu'elle date d'hier. M'en fous, ça fait du bien quand même. Mes yeux se ferment d'eux-mêmes et je sombre à nouveau.

Au final, je passe ma journée à dormir, donner la tétée (ça fiche des petites contractions au passage, en plus des douleurs au mamelon, c'est vraiment pas la joie, ce truc), remplacer les serviettes d'Ilona, boire et me rendormir. J'ai la flemme de me lever, mais il faut tout de même que je change mon shorty méga sexy spécial lochies. J'en profite pour passer un gant de toilette rafraîchissant puis je tente un passage aux WC, la trouille au ventre. Tellement peur d'avoir mal… Ouais, je sais, c'est définitivement anti-glamour, cette situation. Pour autant, je suis rapidement soulagée, dans les deux sens du terme, et c'est cool. Zéro douleur pour le pipi, yahou !

Ilona reste sereinement endormie pendant mes allers-retours et la voir si apaisée me remplit de contentement. Quand vient le soir, je me contente de grignoter mes biscuits sans prendre la peine de descendre. Chaque sortie de la capucine est une petite torture, ce n'est vraiment pas la peine d'en rajouter…

Je pianote un peu sur mon téléphone. Dois-je envoyer un texto à mes rares contacts pour les prévenir de la naissance d'Ilona ?

Maha a pris plusieurs jolies photos dans la salle de naissance, ce serait l'occasion de partager ce moment si spécial. Quelque part, je suis triste d'être seule avec cette joie qui m'envahit. Les autres parents ont au moins une famille ou des amis avec lesquels se réjouir. Moi pas. Il n'y a personne de vraiment proche. Personne pour ressentir un authentique bonheur en découvrant ma fille. Ai-je eu raison d'imposer à Ilona ma grande solitude ?

Allez, zou, ce n'est pas le moment de me morfondre. Je choisis un cliché sympa et ajoute le texte classique : « Bonjour, je m'appelle Ilona, je suis arrivée sur Terre le 8 novembre. Je me porte comme un charme, ainsi que ma Maman. ».

« Maman »

Ouhaou, ça claque, quand même ! Je suis une maman.

♡

Nous avons ouvert les yeux vers sept heures, il y avait du méconium partout sur la serviette et j'ai galéré un max pour le nettoyer. C'est dingue ce que ça colle, ce truc ! J'avais aussi quinze nouveaux SMS, mais aucune envie de les consulter… Cette fois-ci, mon estomac criait famine. Malgré le réveil assez terrible des courbatures, la descente de la capucine s'est bien passée. C'est ce qui me flippait le plus (avec le pipi) alors je suis rassurée.

J'ai réussi à installer Ilona dans le tee-shirt de portage trouvé sur Leboncoin et j'ai pu me préparer un chocolat au « lait » de noisette avec quelques biscottes au beurre de cacahuète. Mioum. La puce s'est endormie sitôt placée contre ma peau et je n'ai pas trop galéré pour l'installation. Je me sens plutôt confiante au final, tout se passe à merveille. Pour fêter dignement l'événement, je m'affale dans mon salon (avec douceur quand même, j'ai un peu mal aux fesses, berdol…) et lance une série sur mon ordinateur.

♡

Maha arrive à neuf heures pétantes avec son sourire et sa bonne humeur.

— Comment vont les deux plus belles femmes de ce parking ?

— Impec ! On a géré un max hier et cette nuit.

— Parfait ! Elle a bien tété ? Pas de douleurs ?

— Elle a réclamé à peu près toutes les deux heures et ça me fait un mal de chien quand elle prend, surtout à gauche. Je crois que j'ai une crevasse.

— Mince, tu peux essayer de faire une compresse avec ton lait. Je vais regarder tout à l'heure si on peut améliorer la prise de sein. Ton transit est reparti ? Nickel ! Pour les repas, ça va aller ?

— J'avais eu le temps de préparer des gamelles. J'ai de quoi tenir trois jours sans rien cuisiner d'autre que mes petits déj'.

— Génial si tu as pu anticiper !

— Je voulais planifier un roulement sur sept jours à la base, mais j'ai été prise de court…

— C'est déjà beaucoup, tu peux être fière. S'organiser seule, ce n'est pas une mince affaire.

En tout, ma sage-femme reste plus d'une heure pour s'assurer que tout roule. J'en profite pour une douche rapide, mais bienfaitrice. Après ce moment de détente, Maha me rappelle d'aller déclarer la naissance et nous rebriefe pour l'allaitement. Tout a vraiment l'air OK dans la bouche d'Ilona : pas de frein de langue ni de lèvre trop court. Pour Maha, la tétée n'a pas de raison d'être désagréable. Avec ses conseils sur le positionnement, cela devrait vite s'arranger. À vrai dire, j'ai hâte, car la prise de sein à gauche est terriblement douloureuse : je ressens comme des aiguilles chauffées à blanc dans le mamelon et ça irradie jusque dans la colonne vertébrale. Aussi incroyable que cela puisse paraître, les contractions m'ont semblé plus douces…

Suite au départ de Maha, le camping-car devient terriblement vide et silencieux. Mes yeux balaient l'espace, ils glissent sur ma minibibliothèque, s'attardent sans raison sur mon système de filtration d'eau avant de revenir fixer Ilona. Ma fille, ma toute petite fille. Je caresse sa peau légèrement mate, compte et recompte ses doigts si adorables. Elle se tortille, émet quelques sons terriblement craquants, bâille en s'étirant. Ce camping-car m'apparaît soudain si plein. Plein d'amour, d'espoirs, de mille futurs… et dans le même temps, un sentiment d'abandon m'envahit. J'envoie un peu de son pour remplir l'espace d'invisible et je retourne me coucher. J'ai besoin d'une sieste et Ilona réclame à téter (ouf, c'est le tour du sein droit !). Les yeux fermés, bercée par la musique et par le doux mouvement de respiration de ma fille, je parviens à m'apaiser. Le sommeil vient me cueillir et je me laisse entraîner avec soulagement, comme pour couper court à cette réalité trop angoissante.

♡

Berdol, que c'est dur !

J'oscille entre joie intense et désespoir profond.

J'ai enfin pris le temps de lire les SMS reçus suite à l'annonce. Personne n'a osé écrire une réponse désobligeante. Je n'ai eu que des « bienvenue ! » et autres messages enjoués. Je suis sûre que la moitié (au moins) n'en pense pas moins.

Même ma mère a réussi à ne pas faire de remarque aigrie. Pourvu que ça dure.

Tiens, en parlant du loup, la voici qui essaie de m'appeler. J'hésite un instant… puis décroche.

— Bonjour, Maman.

— Ma chérie ! Comment vas-tu ? Je n'ai pas eu de nouvelle depuis ton message, je m'inquiète. Tu n'as pas trop souffert ? Tu as pu avoir la péridurale, j'espère !

Arf… Comme si elle ignorait ma phobie des aiguilles.

— Je vais bien, Maman, tout s'est très bien passé, Ilona est en parfaite santé et moi aussi. L'accouchement a été nickel, intense, mais parfaitement gérable.

— Tu es dans quelle maternité ?

— Je ne suis pas hospitalisée, je suis chez moi.

— Quoi ? Dans ton camping-car ? Mais tu es totalement inconsciente ? Ce n'est pas une place pour un bébé ! Ils sont complètement fous de t'avoir laissée sortir ! C'est une honte.

— Maman, tout se passe bien, la sage-femme vient me voir régulièrement. Ilona prend bien et je suis en forme.

— Tu as tout ce qu'il faut pour elle ? Je peux te prêter le chauffe-biberon, je n'ai plus que des périscolaires en garde en ce moment, je n'en ai pas besoin.

— Je donne le sein, Maman, ça ira. Je suis bien équipée.

— Tu allaites ?

Elle semble étonnée, pourquoi ? Ce n'est pas parce qu'elle a fait le choix du biberon que je dois la suivre. Je compte bien m'affranchir au maximum de l'éducation reçue : punitions, fessées, claques, chantage affectif... J'espère faire mieux et à vrai dire, ça ne me semble pas la mer à boire. Des erreurs, j'en ferai probablement à la pelle, mais au moins ce ne seront pas les mêmes !

♡

Cet échange avec ma mère m'a déprimée. Moi qui avais probablement besoin d'être validée dans mon nouveau rôle, j'ai reçu tout l'inverse. Je me sens subitement incapable de quoi que ce soit. Le fait d'être passée aux plats tout prêts n'est pas pour m'aider. Incapable de cuisiner, j'ai craqué et cédé à la facilité. Chaque emballage jeté dans ma poubelle me déchire le cœur. Pour ma sage-femme, cette entorse à mes principes est tout à fait compréhensible et je fais bien de profiter de ce qu'elle appelle un « service ». Pfff, tu parles... Moi qui m'imaginais en maman écolo, ça commence mal.

Dire que Maha ne revient que demain et que ce sera sa dernière visite à domicile… Vais-je survivre sans elle, sans son regard bienveillant ?

Elle n'a de cesse de me rassurer : Ilona se porte comme un charme et, selon elle, je ferais tout comme il faut, je serais même, selon ses dires, une « super-Maman ». C'est vrai que la courbe de poids est parfaite, que la crevasse sur mon mamelon gauche commence à guérir (berdol, ça fait VRAIMENT un mal de chien, ce truc !) et que j'arrive à attraper tous les pipis du réveil sans trop me faire arroser (pour les autres, c'est pas la même histoire…), pourtant je me sens nullissime. J'ai peur de tout. Les situations les plus basiques m'apparaissent insurmontables et certaines minutes deviennent des heures… En une seconde, et dix mille fois par jour, je passe du rêve éveillé au cauchemar terrifiant. Mon cœur joue aux montagnes russes et je ne suis pas sûre d'y survivre.

Pour couronner le tout, je vais devoir quitter le parking de l'hôpital aujourd'hui pour aller vidanger puis remplir la cuve du camping-car. Il faudra aussi que je passe à la laverie, sans quoi je serai bientôt en panne de serviettes propres. Jusqu'à présent, j'avais réussi à tout faire sans prendre la route, même pour la déclaration de naissance. Ce sera donc notre première véritable sortie. L'angoisse. Je veux que cette excursion (c'est au moins ça, sans déconner !) soit inoubliable, aussi vais-je me mettre sur mon trente-et-un !

Le temps de prendre ma douche, je pose ma fille sur le sol de la salle d'eau, entre deux couvertures polaires. Elle ouvre aussitôt les yeux. J'ai à peine le temps de me déshabiller et de me passer sous le jet chaud qu'elle se met à râler. Vite, vite ! Je me savonne en quatrième vitesse tandis que les pleurs s'intensifient. Quand je la serre enfin dans mes bras, encore à demi-humide, mon cœur est prêt à se rompre.

— Là, ma puce, je suis là. Tu peux te rassurer.

Je danse sur place malgré le peu d'espace et propose mon sein dénudé. Elle s'apaise aussitôt et ses petits yeux se ferment de plaisir tandis que ses poings s'ouvrent, enfin détendus.

Purée, ça promet ! Son besoin de contact a l'air si énorme. J'ai l'habitude des toilettes expresses avec ma vie de nomade, mais là, c'est carrément une douche supersonique !

Tant bien que mal, je m'habille, puis c'est au tour d'Ilona qui reste miraculeusement endormie. Pour l'occasion, je lui mets une couche : elle est bleue avec des petits renards orange, quelle merveille ! Heureusement, j'arrive à installer le bazar sans souci. Ouf, ça fait du bien à mon ego malmené ! Par contre, je galère sur l'étape suivante, à savoir enfiler un cache-cœur et un legging blanc ainsi qu'un gilet vert.

Après une bataille de quelques minutes, je prends le temps de contempler mon œuvre. La toute première tenue… Je l'immortalise avec mon smartphone en même temps que je grave cet instant dans ma mémoire.

C'est le moment de nous installer côté cabine. Le cosy est déjà en place et l'airbag désactivé. Il ne reste plus qu'à déposer Ilona. Elle se réveille illico et me regarde intensément tandis que je l'attache.

— Tout va bien, ma puce, nous allons faire une lessive et vidanger notre maison. Ça va bien se passer. Il fait un peu de bruit, notre Beajer, mais il est fiable.

« Beajer », cela veut dire « voyageur » en breton. Enfin, je crois. C'est ce qu'avait l'air de dire le traducteur en ligne, en tout cas. Je trouvais que c'était un chouette nom pour notre camping-car.

— Allez, en route, super troupe !

Il paraît que les bébés adorent rouler. Je passe la première et croise les doigts pour que ce ne soit pas un mythe.

Les premiers kilomètres se passent plutôt bien, je me détends. Ilona observe son environnement avec les yeux d'une grande sage. J'ai du mal à regarder la route tant elle m'hypnotise. Heureusement que la distance est faible pour rejoindre l'aire de vidange, je risque l'accident avec mes idioties.

Tandis que je me gare, ma fille se rendort. Parfait. J'en profite pour faire le plein de la cuve d'eau claire et vider celle des eaux grises. Hop, hop, hop, je m'active au plus vite (mais pas trop quand même, j'ai toujours des courbatures) et repars : direction le lavomatique repéré sur Internet. Il y a une grande zone pour se garer juste devant. Comme Ilona roupille toujours, j'en profite pour lancer deux machines, non sans jeter régulièrement un œil par la fenêtre de la porte passager. Elle s'éveille quelques minutes plus tard et je la prends dans mes bras le plus rapidement possible. C'est reparti pour une tétée !

Mes yeux se perdent à observer son petit corps et son visage adorable. Ils s'emplissent de larmes d'émotion. Elle est si belle ! Vais-je réussir le fou pari de l'accompagner ? Je suis si impuissante, la montagne ne sera-t-elle pas impossible à franchir ?

Des sentiments contradictoires naissent en moi. Ils se battent même pour obtenir la plus haute marche du podium. Je brûle, je meurs, je pleure et ris en même temps.

Purée, c'est à la fois magnifique et insupportable !

♡

Tout le linge est propre. Alléluia ! Ce qui a pu passer au sèche-linge est sec, quant au reste il est étalé un peu partout dans Beajer. Mon pauvre tancarville de poche, celui qui se déplie dans la salle d'eau, ne fait pas le poids et l'humidité ambiante risque de nous obliger à cohabiter encore un jour ou deux avec ce bazar. Ceci dit, nous sommes fin prêtes pour tenir en autonomie pendant une petite semaine puisque tout est réglé.

Même les toilettes sèches sont vidées, j'ai trouvé une maraîchère bio qui a été ravie de les prendre pour son compost. Elle a même eu la gentillesse de s'en occuper elle-même pour préserver mon périnée. Solidarité féminine « on » !

Les rendez-vous médicaux aussi sont calés : Maha a réalisé sa dernière visite une heure auparavant et Ilona a eu son rendez-vous des huit jours. J'ai consulté une médecine conseillée par ma sage-femme. Ça s'est bien passé. L'examen s'est révélé rapide et bienveillant, tout est en règle et la prochaine rencontre sera dans un mois.

Bref, une question s'impose désormais : où pourrions-nous bien aller ?

Je tape sur mon smartphone : « région la plus chaude de France l'hiver ». Nice et Marseille arrivent en tête de liste. Pourquoi ne pas suivre cette direction ? Il doit bien y avoir des villages sympathiques à proximité. Nous reviendrons par ici pour les vaccins d'Ilona et ma rééducation du périnée. J'ai fort envie de retrouver Maha à cette occasion.

J'installe ma fille dans son cosy, pleine d'images sympathiques du Sud. Ça fait un bail que je n'ai pas tourné par là-bas, ça va être super sympa. Le temps de régler les bretelles de sécurité et de les fixer, Ilona se tortille, les sourcils froncés. En dépit de mes paroles rassurantes, elle se met à pleurer. Bon, je dégaine l'arme ultime pour l'apaiser : mon sein. Je me retrouve penchée par-dessus la coque en plastique dur, le torse complètement vrillé. C'est inconfortable au possible. Pourvu qu'elle s'endorme rapidement, je ne tiendrai pas longtemps dans cette position improbable…

Cinq minutes.

Ouaip, ça peut vous paraître rapide, mais dans cette posture, c'est une éternité.

Je rejoins définitivement les propos d'Einstein : tout est relatif…

<h1 style="text-align:center">6.</h1>

Bon, je lâche l'affaire ! On n'ira pas dans le Sud cet hiver. Trois heures de route seulement et déjà quinze arrêts pour réconforter Ilona. Ça ne va pas être possible.

« Les bébés adorent la voiture. »

Mon cul, oui !

Tu vois l'ironie du truc d'être nomade avec une enfant qui semble détester rouler ? Je sens qu'on va bien s'amuser... Pour l'heure, j'ai trouvé un petit coin tranquille au sommet d'un mont boisé, ça fera l'affaire pour la semaine à venir. Il n'y a plus grand-chose à glaner dans les campagnes à cette saison, mais de toute façon, entre le temps pourri et mes courbatures liées à l'enfantement, je dois avouer que j'ai la flemme de sortir. J'ai déjà bien assez à faire avec les tâches du quotidien. Ça ne paraît pas, pourtant ça occupe diablement, un nourrisson. Je pensais avoir plein de temps pour moi pendant les siestes et je me retrouve encore en pyjama à quinze heures et à prendre mon déjeuner à seize... Dire que j'adorais mes routines, quel travail cela me demande de respecter le rythme d'Ilona au détriment du mien. Je me répète inlassablement que si c'est vital pour elle, ça ne l'est pas pour moi. Est-ce toutefois vrai ? J'ai l'impression d'être encore une toute petite bébée, comme si mon cerveau était resté bloqué dans un fonctionnement puéril. Est-ce lié à mon éducation ou est-ce inhérent à ma personne ? Une chose est sûre, je souhaite qu'Ilona se sente un jour réellement adulte. Je ferai tout pour la guider sur ce chemin.

♡

J'ai le moral en dents de scie. Enfin, encore plus que d'habitude. Je navigue entre le bonheur sans borne de vivre auprès d'un être aussi fantastique qu'Ilona et le désespoir profond à l'idée de ne pas être à la hauteur. Je me vois, seule avec ma fille, paumée dans la campagne à bord d'un camping-car miteux. Quelle vie de misère pour une enfant ! J'aurais dû écouter ma mère. Pourtant, mon cœur se déchire à l'idée d'être loin de ce bébé à la fois si petit et si imposant par sa présence entière.

Chaque jour est une épreuve : répondre aux demandes incessantes et impérieuses d'Ilona, me préparer à manger pour ne pas dépérir (vive les plats en sachet), entretenir l'intérieur de notre maison roulante (à peine), répondre à mes courriels professionnels (de temps en temps)… C'est comme si je m'enlisais. Je bois la tasse et me noie dans un simple verre d'eau. Ce n'est pourtant pas la mer à boire, je devrais être capable de davantage de résistance.

Mon hypersensibilité est à la fois une grande alliée et mon talon d'Achille, comme toujours. Elle me permet de ressentir les moindres besoins de ma fille, tout en me faisant vivre ses trop vives émotions.

Allons, fini de gamberger, la voilà qui se réveille. Bercée par ma danse sur place, elle s'était endormie au creux de mes bras, sans moyen de portage, m'empêchant de préparer une pitance bien méritée. Il faudra encore lui proposer un pipi puis la faire téter avant d'espérer ingurgiter le moindre morceau de pain. Mon estomac se met à hurler en signe de protestation, il ne fait toutefois pas le poids, il passera en second…

♡

Les jours défilent. Chaque semaine, nous regagnons une ville pour vidanger le camping-car, faire le plein d'eau et de courses. Lorsque je ne trouve pas de composteur pour les toilettes sèches, je creuse un trou dans un bois. C'est heureusement rare, car mon périnée ne me remercie pas. Ilona de son côté semble s'amuser d'être bercée par les coups de pelle. Enfin les coups de pelle, pas dans la tronche, hein. Bref, je divague comme si j'étais plusieurs à me parler, ça devient grave. Le pire, c'est que ça me fait marrer. Ça doit être la fatigue ! Les nuits se passent bien pourtant : ma puce se réveille en moyenne trois fois seulement et l'ocytocine produite par l'allaitement me rendort aussi sec. Limite je dors mieux qu'avant. D'ailleurs, le jour se lève et elle roupille encore. Elle a raté une tétée et j'ai les seins prêts à exploser. Pour un peu, on dirait le retour de la montée de lait ! Sérieux, j'ai comme des obus…

Avec mille précautions, je m'extirpe du lit sans alerter ma fille. Inconsciemment, je fredonne la musique de *Mission impossible*. Ilona a un détecteur à maman archipuissant, c'est pas gagné.

Ouf, me voilà en bas de la capucine. Il ne me reste plus qu'à tirer manuellement un peu de lait au-dessus de l'évier, sans quoi je vais exploser.

La maternité, c'est glamour, épisode trouzemille !

♡

Grâce à mes quelques actions de promotion sur les réseaux sociaux, je vends de temps en temps un bijou ou deux via mon site Internet. J'aimerais aussi réaliser des vidéos sur ma chaîne YouTube, actuellement en sommeil. Ce serait un atout pour faire connaître mon travail. Je me contente toutefois d'Instagram et de Facebook. Pour le moment, mon matériel n'est pas assez bon pour des enregistrements de qualité ; et puis je n'ai de toute façon pas une seule seconde pour ce travail.

Bref, tout ça pour dire qu'il va falloir que je reprenne les créas, sans quoi je tomberai en panne de stock sous peu. Noël approche et ça serait dommage. Quand Ilona est réveillée, c'est impossible de travailler, je dois sans cesse l'occuper pour qu'elle ne pleure pas. Je ne pensais pas qu'un enfant si petit pouvait réclamer autant d'attention. Avec le portage, je songeais naïvement que je pourrais juste continuer comme avant. Je me fourrais le doigt dans l'œil jusqu'au coude.

Le plan d'attaque est donc le suivant : préparer le matériel pendant une phase d'éveil, endormir la bête dans l'écharpe et enfin, bosser pendant qu'elle pionce contre moi. J'ai bien tenté de la laisser seule dans le lit, mais le taux d'échec est de 95 %, c'est trop risqué. Les rares fois où j'ai réussi à m'éclipser, elle s'est réveillée dans un tel état de panique que j'ai ensuite galéré à l'endormir trois jours durant. Le jeu n'en vaut pas la chandelle.

Tout en dansant sur *Sweet dreams*, je range la table du petit déjeuner en un tour de main, lave en vitesse mon bol et ma cuiller, puis installe mon matos. Voilà, tout est là. Ilona commence à râler, ce n'est déjà plus intéressant pour elle… Par chance, le soleil est de la partie. J'enfile une paire de chaussures et ma veste de portage avant de quitter la chaleur du camping-car pour la campagne gelée. À chaque expiration, un petit nuage blanc s'échappe de ma bouche. Ma fille semble hypnotisée par le phénomène. C'est dingue comme elle est éveillée malgré son jeune âge. Il y a en elle tant de curiosité ! Nous échangeons un sourire. Elle m'en adresse de plus en plus. Déjà… Mon cœur fond à chacun d'entre eux.

Tout en marchant, je raconte à Ilona ce qui nous entoure : les arbres, les oiseaux, le ciel et les nuages… Aimera-t-elle marcher en ma compagnie dans les bois ? Sera-t-elle aussi curieuse que moi et à l'affût du nom de la moindre plante ? Quelle personne sommeille dans ce si petit bébé ?

♡

Nos journées s'organisent de mieux en mieux. Pendant la sieste du matin, qui dure en moyenne trois quarts d'heure, je parviens à travailler sur les réseaux sociaux. Celle du midi (trente minutes, montre en main) me permet de réchauffer un repas et de l'engloutir en vitesse ; celle de l'après-midi, beaucoup plus longue, de créer de nouveaux bijoux. Il y a parfois une quatrième période de sommeil, dans la soirée, et je bouquine ou regarde une série sur mon ordinateur. Ça ne fait pas beaucoup de vraies pauses, mais Ilona dort bien la nuit, alors je ne me plains pas. D'après ce que je peux lire à droite et à gauche, je reste une veinarde.

Présentée comme ça, notre vie paraît méga cool, je peux toutefois vous assurer que c'est loin d'être le cas. C'est juste éreintant, laborieux, pénible, insondable... Bon, je m'arrête là pour les adjectifs, sinon je passe le dico des synonymes au complet !

Autrement, la période des fêtes s'est bien passée (entre deux crises de larmes irrépressibles, vive les émotions à fleur de peau), j'ai vendu assez par correspondance pour économiser de quoi acheter un mini lave-linge manuel. S'il ne m'affranchira pas de la laverie, il me permettra d'être autonome côté langes, couches de pipi et vêtements d'Ilona. Ça ne sera pas du luxe : je commençais à tenir difficilement une semaine et le lavage à l'évier est loin d'être idéal. C'est même sacrément la plaie... Bref, j'ai aussi mis de côté une dizaine de bouteilles en verre pour réaliser ma lessive de lierre. On limitera ainsi déchets et produits chimiques pleins de perturbateurs endocriniens, ça me plaît bien. J'espère que j'arriverai à dégager du temps pour la préparer, si je dois acheter un produit tout fait, je vais encore déprimer... En tout cas, avec ce bazar en plus à stocker, je suis en train de créer les plans pour une caisse qui se rajoutera sur la boule d'attelage, sous le porte-vélo. Ça me permettra d'avoir une extension intéressante. J'envisage aussi d'acheter deux jerrycans pour gagner en autonomie d'eau et faire tourner la machine à laver sans devoir tirer sur la réserve « douche/vaisselle ». Je ne sais pas quand j'aurai l'occasion de mettre en route cette superbe extension, mais, au moins, tout sera déjà pensé le moment venu.

Tout ça pour dire que nous nous routinons. Je suis contente et doublement rassurée par ce bilan avec moi-même. J'ai beau être une nomade, une certaine régularité est nécessaire à mon bien-être. (Bien-être ô combien fragile si j'en crois mes nombreux moments de désespoir quotidiens…) Ilona me ressemble peut-être : elle se montre de plus en plus sereine à mesure que nous trouvons nos marques. Le portage, le sein et un peu de musique suffisent désormais à la calmer. Danser comme une folle ou me balader en extérieur ne sont plus des passages obligatoires pour la voir lâcher prise et s'endormir. Cela me rassure, car ma reprise va vite arriver, la saison des marchés avec elle. Parviendrons-nous à tenir un stand sans qu'elle se mette à hurler ?

♡

Truc de fou, le un mois est déjà trop petit ! Me voici en train de sortir la taille au-dessus et de mettre en vente les premiers vêtements d'Ilona. Alors que je n'ai jamais été une grande conservatrice, un léger pincement au cœur m'étreint en me séparant de ces tenues. Le petit gilet jaune brodé d'un chat et le maillot bleu flanqué d'une adorable poule me manqueront diablement. Heureusement, mille et une photos encombrent mon smartphone. Je bombarde de peur d'oublier les moments magiques de ce début de vie à deux. Non pas que tout soit rose, loin de là, mais je maintiens, c'est magique ! Magique option sorcellerie horrifique parfois, certes… D'ailleurs, il faudra que je prenne le temps d'imprimer un album pour ne pas risquer de perdre toutes ces images. Ma défiance envers l'immatériel me hurle de ne pas tarder. Malgré la place qu'il occupera dans la bibliothèque du camping-car, ce livre me semble précieux, incontournable même. Je le fantasme comme un objet à partager encore et encore.

Pour l'heure, nous profitons d'une éclaircie et faisons le tour d'un marché de village. Chacun de mes pas s'accompagne d'un léger « floc-floc » en dépit de mes tentatives d'évitement de flaques. Mes chaussettes humides collent désagréablement à mes pieds, pourtant cette sortie vaut le coup, comme en témoignent mes sacs lourdement chargés. Les tarifs sont vraiment raisonnables dans cette région maraîchère et j'en profite allègrement. Surtout que j'arrive à cuisiner un peu maintenant qu'Ilona se montre de plus en plus cool en portage. C'est bon pour mon moral (c'est bon, bon !, ajoute en rythme une voix parasite exaspérante), notamment parce que mes déchets diminuent à nouveau. Mon stress augmentant en synergie avec le volume de ma poubelle, voilà un fait loin d'être anodin pour mon bien-être. Je suis une personne un peu bizarre, je sais.

Je profite également de cette balade pour prendre la température du lieu : bof, pas sûre que mes cailloux fassent sensation au milieu de ce déballage cent pour cent nourriture. J'ai souvent davantage de succès dans des villes plus grandes. La semaine prochaine, je serai de l'autre côté des stands et mon estomac se serre un peu à cette idée. En quelques mois, j'ai perdu tous mes réflexes de vendeuse et suis redevenue sauvage. Autant j'aime créer, autant échanger peut s'avérer angoissant pour moi. En fait, c'est assez étrange, je crois prendre sincèrement du plaisir à partager ma passion, à écouter en retour les expériences des gens, etc. Malgré tout, la peur de trop en dire ou pas assez, celle de mal interpréter les signaux et de saouler…, cette peur est intense, souvent envahissante. Elle peut me paralyser et me faire perdre tous mes moyens.

Allons, respire, Solange, quand tu y seras, tout se déroulera à merveille, comme d'habitude !

Pour retrouver une certaine contenance, je dépose un baiser sur le bonnet de ma fille. Son sourire radieux me recharge à bloc.

— On rentre à la maison maintenant ?

Le camping-car est garé un petit kilomètre plus loin, sur un vaste parking à peine carrossable. Le poids des courses plus celui d'Ilona me fait souffler. J'essaie avec peu de résultats de remonter mon périnée, comme en séance de Pilates, une sorte de gym que j'ai pratiquée quelques années auparavant. La rééducation avec Maha débutera dans deux semaines seulement et ça ne sera pas du luxe, je sens bien que j'ai besoin de réapprivoiser cette zone de mon corps. J'ai un peu tardé avant de prendre rendez-vous. J'avais pourtant hâte de retrouver ma sage-femme, mais comme souvent lorsqu'il faut décrocher mon téléphone, j'ai négligé… Est-ce l'absence de communication gestuelle qui me flippe autant ou juste la flemme ? Le moindre appel me provoque des palpitations. C'en est ridicule tout autant qu'incontrôlable.

♡

Profitant d'une sieste bonus, j'ai établi un plan d'attaque des marchés environnants. Résultat, je reprends sur les chapeaux de roues avec un événement par matin. Le tout, dans un mouchoir de poche pour limiter la consommation d'essence. Si tout se passe bien, je tiendrai ce roulement sur deux semaines, puis je resterai « off » les sept jours suivants, le temps de refaire des créas. Ensuite, je bougerai de zone et rebelote. J'ai l'impression qu'un tel rythme sera plus facile à accompagner avec Ilona. J'espère que ce n'est pas une erreur de ma part, ceci dit. On verra bien. L'avantage de mon mode de vie, c'est que je peux changer d'avis comme de chemise sans avoir aucun compte à rendre…

Bref, j'ai ressorti ma carte de commerçant ambulant ainsi que mon justificatif d'assurance. Me voilà parée.

— Tu vas voir Ilona, on va tout déchirer !

Elle me renvoie une moue dubitative qui me fait mourir de rire.

— Ouais, bon, OK, j'y crois qu'à moitié aussi. C'est la méthode Coué, que veux-tu, ma puce !

7.

Le réveil vient de sonner, cela faisait si longtemps qu'il n'avait pas retenti ! Je tends le bras pour l'arrêter au plus vite. Ilona dort, pelotonnée contre moi. Comme elle est belle à la lueur de mon smartphone. Ses cheveux bruns, soumis à l'électricité statique, forment un casque mouvant. Pour un peu, on se croirait parmi les algues, sous l'eau. Une boule au ventre en dépit de ce tableau attendrissant, je vérifie l'heure pour la troisième fois : six heures deux. Parfait, je ne me suis pas trompée en programmant la sonnerie, ouf. Avec des gestes dignes d'un paresseux, je m'extirpe du lit. Ma fille lâche un soupir agacé sans pour autant se réveiller. Ouf !

Il a gelé dehors, j'allume le ballon d'eau chaude et le chauffage au gaz. La nuit, je me contente de brancher l'appoint dans la capucine alors ça caille bien en bas. Je tourne le bouton pour mettre en route la ventilation dans tout le camping-car. J'avoue préférer me laver dans une pièce au minimum tiède…

Après avoir enfilé une robe de chambre épaisse et douce, je fais chauffer un « lait » de riz maison et tartine une baguette. Le liquide se met à frémir puis il crépite sur les bords de la casserole lorsque je le verse dans mon bol. Une odeur de chocolat monte quand je tourne la cuiller. Mmmm…

Assise à ma table, un sentiment de solitude m'envahit. Sans Ilona contre moi, me voilà comme nue. Ça me fait bizarre de la savoir endormie seule, là-haut. Je ne me lève que rarement avant elle, alors un petit déj' en solo, ça se savoure tout autant que ça m'angoisse. La maternité se révèle souvent inconfortable ; trop pleine d'ambivalence pour une fille de ma nature.

Repue, je passe dans la salle d'eau et laisse la porte ouverte, l'oreille tendue à l'affût du moindre réveil. Allons bon, j'ai finalement le temps de laver corps plus cheveux, de me sécher et de m'habiller, que la puce dort toujours ! Quel miracle ! Il faut avouer qu'Ilona a plus tendance à se réveiller à huit heures qu'à six, habituellement. Je crois que j'ai bien fait de me garer directement à proximité du marché pour gagner du temps et la laisser roupiller un maximum.

Me voici fin prête. Même la vaisselle est propre, miracle ! Dois-je réveiller ma fille ? Comme je regarde mon horloge pour la énième fois, elle se met à gigoter, à la recherche de mon sein, probablement. Aussitôt, je suis en haut des marches.

— Bonjour, Ilona.

Ses yeux s'ouvrent et se ferment avec difficulté. Elle bâille à se décrocher la mâchoire. Frotte ses paupières de ses petits poings… Puis m'adresse un sourire ravi.

— As-tu bien dormi, ma puce ? Prête pour ta première journée de travail ?

Je la prends dans mes bras pour une tétée-réveil. Cinq petites minutes de plaisir partagé et de tendresse lactée. L'allaitement n'est plus du tout douloureux désormais, il s'est mué en bonheur et simplicité. Ilona déglutit en rythme ; le regard sombre accroché au mien, sa main potelée caresse mon sein avec douceur. Et comme les ongles sont coupés d'hier, ça ne griffe même pas, youpi !

Rapidement rassasiée, elle rejette bientôt la tête en arrière avec un petit cri adorable.

— Il est temps de t'habiller maintenant, il fait un froid de canard ce matin.

♡

Quand nous sortons du camping-car, toutes deux emmitouflées, l'air sec et glacial nous accueille ainsi que le klaxon d'un autre déballeur, visiblement déjà de mauvais poil. C'est un revendeur de matelas à la tignasse blonde. Par sa fenêtre baissée, il hèle le placier. Se le mettre à dos n'est pourtant pas l'idée du siècle. De mon côté, je le rejoins en plaquant sur

97

mon visage un sourire avenant. Trois autres vendeurs sans espace attitré sont déjà dans son sillage. À la saison, nous ne serons pas beaucoup plus nombreux, à mon avis. Lorsque l'été vient en revanche, mieux vaut arriver en premier et être dans les petits papiers du gendarme pour s'assurer la meilleure place possible.

— Vous faites quoi ?, me demande-t-il.

— Bijoux.

Je tends ma carte de commerçante et mon attestation d'assurance.

— OK. C'est à vous, le camping-car ? C'est la dimension dont vous avez besoin ?

Je hoche la tête.

— Devant la fontaine, ça ira ? Le rôtisseur n'est pas là ce matin.

— Parfait.

Allez, go. Nous déplaçons Beajer, puis je sors mon parasol et son lourd pied. C'est bien galère à descendre et à monter avec Ilona dans l'écharpe… Je manque me coincer la peau du pouce au moins trois fois. Les tables sont plus faciles à installer. Elles sont extrêmement légères et se déplient en un tour de main. Je rajoute les nappes et les décors. Mes doigts retrouvent les gestes mille fois répétés au fil des années. Bercée, ma fille s'endort. Tandis que je fredonne en exposant mes créations, une voix m'interpelle sur ma droite.

— Bonjour, t'es nouvelle par ici ?

C'est la vendeuse de légumes placée juste à côté de moi.

— Oui, je n'ai encore jamais tourné dans la région. Je suis venue ici pour mon suivi gynéco.

— Oh, j'avais pas vu le bébé, excellent ! Il n'a pas l'air bien vieux !

— Elle a dix semaines, c'est le jour de ma reprise.

— Elle s'appelle comment ?

— Ilona.

— Elle a l'air trop bien dans ton manteau, comme ça. Tu fais des bijoux, donc ?

— Oui, je monte des pierres semi-précieuses avec de l'osier.

— Artisane, alors. Génial. Ça nous change des revendeurs…

— Et toi, tu es maraîchère à ton compte ?

— Hélas non. Je galère pour un patron complètement con. J'aimerais bien bosser pour moi-même. J'ai plein d'idées en tête, mais pas assez d'ovaires pour oser.

Elle est franche, ça me fait rire. En quelques mots échangés, me voici déjà à l'aise. C'est assez rare pour que ce jour soit noté d'une pierre blanche.

— Tu vas rester dans le coin longtemps ?

— Je vais naviguer sur le secteur pendant deux ou trois mois, je pense. En faisant un roulement sur quinze jours.

— Les gens d'ici sont un peu frileux. Ça vaut le coup de venir au moins trois ou quatre fois pour les amadouer. Ils achètent rarement aux déballeurs de passage. C'est la mentalité cambrousse, tu vois…

Elle lève les yeux au ciel en exposant son point de vue.

— Merci du conseil.

Les premiers clients, tombés du lit, commencent à affluer sur le stand de ma voisine. Elle n'a bientôt plus de temps à m'accorder. Sur mon emplacement, c'est plus calme. Les passants osent à peine s'arrêter, préférant jeter un coup d'œil discret. Quelques mamies s'enhardissent à me parler, grâce à Ilona qui les attire comme des mouches. Pour autant, mes cailloux n'ont aucun succès.

Dix heures sonnent à l'église, ma fille commence à s'éveiller. Pour l'occasion, j'ai mis une couche, mais elle n'a pas l'air de vouloir se soulager dedans et se met à pousser sur ses jambes en râlant. Mince ! Et me voilà en train de défaire les pans de l'écharpe malgré le froid. J'ouvre la porte du camping-car pour attraper le petit pot. Je sens sur moi des regards curieux et surpris quand je propose le pipi à Ilona. Et c'est dans la boîte ! Il ne reste plus qu'à tout remettre en place. J'échange l'écharpe contre un sling histoire d'allaiter plus facilement. J'ai chopé le coup de main avec ce portage asymétrique et je l'apprécie vraiment pour donner le sein.

Bébé s'apaise bien vite et s'endort à nouveau. Quel miracle ! Cela tombe bien, car il y a de plus en plus de monde et je conclus enfin quelques ventes. S'il n'y a rien d'énorme, les frais seront remboursés et me voici même avec quelques bénéfices.

Peu à peu, les passants se font moins nombreux à mesure que les heures filent. Je grignote un bout pour tenir. Ma voisine est enfin tranquille, elle en profite pour revenir vers moi. Entre deux clients, nous parlons de la pluie et du beau temps, du marché. Tout doucement, nous commençons à remballer.

— Tu veux quelques invendus, me propose-t-elle gentiment. Ils sont moches ceux-là, ils ne partiront pas.

Elle me tend une cagette avec deux endives, quelques carottes cassées, trois oignons un peu mous et un énorme poireau encore bien frais.

— Merci.

— Tiens, et puis prend ce petit potimarron aussi.

M'est avis que ça ne lui déplaît pas d'arnaquer un peu son patron. Ma foi, ça me va plutôt bien. Entre mes ventes et ce petit plein de courses gratuit, je n'ai pas perdu ma matinée.

Pour terminer la journée, nous nous sommes installées auprès d'un étang communal et je cuisine une soupe de potimarron aux épices qui embaume l'intérieur du camping-car. Je vais me régaler ce soir. Ilona reste accrochée à mon sein depuis que nous sommes arrivées (merci le sling, meilleur kit mains libres au monde). Je crois que le changement de rythme l'inquiète. J'espère que tout se passera bien demain.

Mon téléphone sonne pour la énième fois. C'est ma mère qui voudrait rencontrer ma fille. Elle qui s'opposait à sa venue cherche maintenant une place de mamie. D'un côté, je la comprends. D'un autre, son comportement me fait bouillir de colère. J'ai envie de la punir de toutes ses maladresses. C'est sûrement très égoïste de ma part...

Comme Ilona me sourit avec un petit cri de bonheur, je fonds d'amour et, dans un élan de gnangnan-attitude, j'envoie un SMS à ma daronne pour convenir d'un rendez-vous.

Elle me répond dans les secondes qui suivent. Était-elle suspendue à son téléphone en attente d'un message de ma part ? Saurons-nous faire table rase du passé et offrir un joli modèle de relation mère-fille à Ilona ?

Quoi qu'il en soit, la date est réservée. Nous nous retrouverons dans trois semaines, au sein d'un parc botanique, à mi-chemin entre ma tournée actuelle et son domicile. Un lieu neutre me semblait indispensable pour repartir sur des bases saines. Il ne reste plus qu'à croiser les doigts.

En attendant, hiver oblige, le soleil se couche déjà. Il est grand temps de faire une dernière balade. J'enfile une écharpe, un bonnet, mon manteau et go pour le tour du plan d'eau. Il n'y en a pas pour plus d'un quart d'heure, mais ça nous fera du bien quand même, j'en suis sûre.

Le sentier est illuminé par des réverbères à hauteur de pipi de chien. Ma foi, je valide, le rendu se révèle fort sympathique. Un vent cinglant agresse mes joues à nu. Heureusement que mon mini-chauffage central est blotti contre moi, le reste de mon corps bénéficie de sa douce chaleur dans un contraste saisissant. Les yeux grands ouverts, Ilona continue à tétouiller. Je me demande si elle va parvenir à lâcher prise et s'endormir. Rien n'est moins sûr.

Bon, pas d'endormissement à l'horizon. Je monte dans le camping-car, ôte chaussures, manteau and co. Mes longs cheveux se dressent aussitôt sur ma tête sous l'effet de l'électricité statique. Fichu bonnet synthétique ! D'une main dégantée, je tente de discipliner les mèches châtains et violettes. Peine perdue. Tant pis, j'abandonne la bataille et vais plutôt préparer la table. S'il n'est pas très tard, la fatigue me gagne déjà et le réveil sonnera tôt demain. Avec un peu de chance, Ilona sombrera rapidement et je pourrai m'assoupir devant une vidéo YouTube.

♡

La deuxième journée de travail se passe sans anicroche : une Ilona aussi calme que possible (sieste, tétée, petite danse sur place), quelques ventes et un temps correct. Certes, les clients ne se bousculent pas devant mes bijoux, cependant mes deux voisins de stand sont relativement potables. L'un vend des mouchoirs en tissu aux motifs ignobles et des vêtements du siècle dernier, tandis que le second est producteur de pommes (délicieuses, soit dit en passant). Entre deux flots d'acheteurs, ils plaisantent et me mêlent à leurs échanges. Apprenant que je vis seule avec Ilona, ils me dragouillent aussi, mais sans trop d'insistance nauséabonde. Dans le milieu, le sexisme latent impose presque ces comportements. C'est épuisant pour moi, j'ai du mal à gérer ces sous-entendus, je ne sais pas comment réagir en retour. À tous ces jeux de séduction, je préfère les plans organisés et les rencontres sans lendemain.

Avant de partir, je récolte quelques pommes abîmées. Ce soir, c'est compote ! Par chance, le second type ne m'offre aucune culotte de grand-mère. Ouf !

— Tiens, j'ai trois quatre kiwis un peu mous du genou, prends aussi.

Il utilise sans arrêt des expressions à mauvais escient. Je ne sais pas si ça m'amuse ou si ça m'agace.

— Merci, c'est adorable.

— On te revoit la semaine prochaine ?

— Oui, je vais rester un petit moment dans le secteur.

— Super, à mardi prochain !

Dois-je me réjouir également ?

♡

Aujourd'hui, ça commence mal. Il flotte, le placier est aimable comme une porte de prison et je me retrouve à côté d'un vendeur de matelas plus lourd que Bigard. Je me demande si c'est celui qui avait klaxonné lundi dernier. Il hèle les passants d'une voix nasillarde qui agresse mes tympans. C'est définitif, je le déteste. Je suis certaine qu'il éloigne des clients potentiels avec ses techniques de vente dépassées. Fais chier ! Bilan des courses, je vends que dalle ou presque et commence à remballer plus tôt que prévu. Seul point positif de la matinée : Ilona conserve son rythme « cool attitude ». Pourvu que ça dure, berdol !

Alors que je range le parasol dans la soute, une voix chaleureuse retentit dans mon dos :

— Bonjour, Solange !

Je me retourne et découvre la maraîchère de lundi. Je ne me souviens plus de son prénom, cependant je reconnais sa silhouette ronde et son sourire rayonnant.

— Bonjour aussi, Ilona !, ajoute-t-elle en découvrant ma fille contre moi. Journée pourrie, hein ! J'ai reconnu ton camping-car de loin, je ne voulais pas te rater, j'ai un cageot de légumes tout fripés pour toi.

Me voilà touchée option maxi plus. C'est fréquent de recevoir quelques bricoles quand on est juste à côté, mais de là à se déplacer rien que pour moi… Je ne sais même pas comment réagir.

— C'est… c'est vraiment beaucoup. Je… Tu viendrais manger avec nous ce soir pour la peine ?

Oups, je crois que je viens de tenter une socialisation de niveau cent, au moins. C'est un peu trop beaucoup rapide. J'ai parlé avant de réfléchir et je m'en veux déjà.

— Avec plaisir ! Je n'ai rien de prévu. Vous serez où ?

En mode pilote automatique, j'explique que Beajer stationnera auprès de l'étang, comme la veille. J'ai l'impression de ne plus vraiment faire partie de la scène. Je stresse comme une folle à l'idée de ce moment de partage en plein cœur de mon intimité. Je me demande si ça se voit. Son visage à elle continue d'afficher un sourire. Je crois qu'elle est sincèrement contente. Affaire à suivre…

8.

Alors voilà, avec les carottes, les choux, les oignons et les topinambours de la maraîchère (note à moi-même : essayer de toper son prénom, quand même), j'ai fait un méga dhal de lentilles. Ça fleure bon le curry dans Beajer. Ilona s'énerve un peu dans le sling, j'ai eu du mal à couper tous les légumes. Au bout de cinq minutes à m'observer avec attention, elle a commencé à s'ennuyer sévèrement. Heureusement, il ne me reste plus qu'à dresser le couvert et laver les radis pour l'apéro. Je sors aussi un bocal de « mélange étudiant » du magasin bio. Ça m'a toujours fait marrer la dénomination de ce produit. C'est juste des graines et des raisins secs, mais ça donne un petit côté festif bienvenu.

J'ai à peine terminé que ça frappe à la porte. La voilà ! C'est la première fois que je reçois quelqu'un chez moi pour un repas. Ça me fait tout bizarre.

— Ouhaou, c'est magnifique ici ! Ce n'est pas d'origine tout ça, si ?

— J'ai refait pas mal de choses, oui.

— Han, c'est toi qui as rénové ?!

Elle me bombarde de questions pour savoir tout ce que j'ai modifié dans le camping-car.

— Épatée, je suis, complète-t-elle avec la voix de Maître Yoda.

J'aurais préféré un « Je s'appelle Groot » histoire de choper son prénom… Va falloir la jouer fine. J'ai à chaque fois peur de vexer les gens quand je ne retiens pas leur nom. Et comme j'ai toujours eu un problème pour les mémoriser, c'est fréquent… Tant que je ne l'ai pas vu écrit à côté du visage, c'est juste mission impossible.

Passée la visite de ma coquille d'escargot, je lui propose de s'installer à table.

— Pour l'apéro, je n'ai pas grand-chose : orange pressée ou sirop de fleurs de sureau maison.

— Ma curiosité est piquée au vif, j'ai jamais goûté un tel sirop. C'est vendu ! Je suis absolument fan de l'utilisation des plantes sauvages. C'est mon grand-grand dada, en plus des approches permaculturelles. Malheureusement, mon boss n'est pas du tout dans cette optique. Je ne suis pas contre les avancées scientifiques dans le domaine de la culture, mais si ça bouffe du pétrole et autres ressources en quantité limitée, ça me fait mal au bide.

J'acquiesce, je peux comprendre ce sentiment. La consommation d'essence est le seul point d'achoppement de mon style de vie. Je suis à peu près en consonance cognitive pour le reste, même si l'extraction des pierres semi-précieuses n'est pas toute rose non plus…

— En tout cas, c'est délicieux, ce sirop. Ça donne un petit parfum proche du litchi. C'est super raffiné.

La soirée se poursuit avec une grande fluidité. Tout est simple en compagnie de Diane (mission récupération du blase, validée !). Elle est vraiment adorable, elle ne paraît même pas gênée par mes maladresses, c'est cool.

— Ton dhal est hyper parfumé. Tu n'as pas juste mis des épices en poudre, si ?

— Non, il y a du curcuma et du gingembre frais que j'ai pilés à la main.

— Mmmm… C'est pour ça. Je le trouve nettement plus savoureux que le mien. Et c'est de la crème ou du lait de coco ?

— Du lait.

— Ouais, faut que je garde ça en tête. Le résultat est quand même plus chouette.

— J'utilise aussi un peu de concentré de tomate et de la pâte de curry rouge. C'est pas vraiment zéro déchet comme recette du coup, mais c'est vrai que c'est bon.

— Plus que bon, même. Tu t'intéresses au zéro déchet, alors ?

Sans cesser d'échanger, Je prépare à la va-vite une salade de fruits pour le dessert. Ilona, qui était restée hyper calme, les yeux scotchés sur Diane, commence à s'agiter.

— Veux-tu que je m'occupe de ta fille ?

J'hésite un instant. En dehors de Maha, personne n'a jamais pris Ilona dans ses bras. Je ne sais pas si j'en ai envie. Pourtant, le cœur déchiré, je sors mon bébé de l'écharpe et la tends à la maraîchère.

Elle se lève et s'installe plus à l'avant du camping-car, à côté des marches.

— Coucou, Ilona, chantonne-t-elle en remuant sur place.

On dirait qu'elle sait y faire avec les petits. Je vois ma puce lui adresser un large sourire.

— Tu es de marché demain ?, demande-t-elle tout en jouant avec Ilona.

Après un rapide coup d'œil sur mon tableau, accroché à la porte du frigo, je lui indique le nom du patelin.

— Ah zut, je le fais pas, celui-là ! Dommage…

Nous enchaînons sur les différents marchés du coin. Elle approuve mes choix. Nous constatons que nous serons de nouveau ensemble samedi. Trois dates en commun chaque semaine, c'est plutôt sympa. Elle me plaît, vraiment. C'est rare que je sois capable de me sentir à l'aise pour discuter toute une soirée. Pourtant, la fatigue commence à se faire sentir. Ilona a fini par s'endormir sur mon sein et nos coupelles de fruits sont vides. Je réprime un bâillement qui ne passe pas inaperçu auprès de Diane.

— Allons, je vais bientôt te laisser.

Elle se lève avec dynamisme, emporte les couverts jusqu'à l'évier (un petit pas, tout de même !) et s'attaque à la vaisselle qu'elle réalise en un temps record, sans me laisser le temps de protester.

— Je laisse sécher ? Inutile d'user du torchon, n'est-ce pas ?

Je valide d'un hochement de tête.

— Merci pour cette soirée, c'était un excellent moment. J'adore ta maison roulante, je suis sous le charme ! On se revoit samedi ?

Son flot de paroles s'est un peu accéléré et je la laisse partir sans un mot, privilégiant un signe de tête discret. Ilona sur le bras droit, je verrouille la porte, brosse sommairement mes dents et file au lit après un passage aux toilettes. La puce ne se réveille même pas ! Impeccable. Il ne reste plus qu'à s'endormir. Malgré la lassitude, le déroulé de la soirée passe et repasse dans ma tête. Ai-je eu un comportement acceptable ? Aurais-je dû réagir autrement à tel ou tel moment ? Ai-je ri aux bonnes phrases ? N'ai-je pas paru trop extrémiste avec mon mode de vie ?

Ilona pousse un grand soupir dans son sommeil. À la lueur de la lune, j'aperçois ses petits cheveux bruns qui rebiquent sur le sommet de son crâne. Mon nez hume son odeur si délicate et délicieuse. Mes yeux se ferment. Ce soir, je me sens heureuse et c'est bon, si bon…

♡

Bilan de ma première semaine : beaucoup de positif !

Déjà, Ilona se révèle tellement adaptée à cette vie… Ce soulagement ! J'ai l'impression qu'elle aime l'effervescence des marchés. Elle dort paisiblement ou observe avec attention. Je n'ai noté aucun pleur de décharge en soirée, elle ne paraît pas davantage stressée. Elle tète un peu plus, peut-être, pour autant cela reste raisonnable. C'est certes beaucoup de concentration pour moi, de gérer à la fois ses besoins et mes clients, mais on s'en sort, ma foi !

Deuxième point, je ne me suis coltiné qu'un seul gros boulet, c'est raisonnable. Les autres collègues se sont révélés corrects.

Troisième point, je crois qu'une belle amitié est en train de naître entre Diane et moi. Quelle femme exceptionnelle par sa gentillesse, sa spontanéité et son humour ! Je n'ai jamais eu de réel·le ami·e. Lorsque j'étais enfant et adolescente, j'étais juste la fille bizarre ; la bouche-trou dans le meilleur des cas. Du coup, cette relation naissante m'effraie un poil. Non, pas un poil, énormément. Je crois que j'ai peur d'être déçue.

Aïe, aïe, aïe… J'étais tellement absorbée par mes pensées que j'ai raté le signal d'Ilona et me voilà avec plein de caca sur les genoux. D'habitude, les cacas, je gère un max. Elle se fend d'une mimique inratable quelques secondes avant l'explosion. Sauf qu'aujourd'hui, je l'ai bel et bien ratée. Si je me lève, j'en fiche partout par terre. En même temps, me contenter de rester assise n'aidera en rien…

Merdum, et c'est le cas de le dire !

— Eh ben ! Ne ris pas en plus, mon chaton ! Tu exagères !

Le pantalon est au sale, le sol est nettoyé, les fesses d'Ilona aussi. Elle joue maintenant sur le tapis. Depuis quelques jours, elle parvient à rouler sur le ventre et passe son temps à entraîner cette nouvelle compétence. Je profite de sa concentration pour faire une lessive de petits vêtements. J'ai reçu ma machine qui ressemble à une essoreuse à salade géante. Un peu d'eau tiède, un verre de lessive de lierre, les habits, deux couches et hop, je tourne la manivelle. Du coup, j'ai la chanson dans la tête et je me mets à fredonner.

Et moi pendant c'temps-là…

Ma fille s'impatiente juste comme j'ai fini cette première étape. Je vais prendre soin d'elle le temps que le linge repose.

Après un moment de trempage, je tourne à nouveau une bonne minute. Puis je vide la cuve, la remplis à nouveau, re-vide… et tourne une dernière fois pour l'essorage. Franchement, le résultat est carrément correct. Ça me permet de belles économies. Le lavomatique, c'est loin d'être donné. À cinq voire six euros le cycle, j'ai rentabilisé la machine en une quarantaine de lavages seulement, malgré sa petite contenance.

Reste à étaler tout ça. Comme Ilona en a marre de jouer à la crêpe, je la glisse dans le sling pour cette dernière phase. Elle commence à essayer d'attraper les vêtements qui approchent de ses petits poings. C'est marrant, mais loin d'être pratique.

Comme à chaque fois que j'accroche ses minuscules chaussettes, mon cœur éclate d'amour. Ces petits morceaux de textile représentent la preuve concrète de mon rôle de maman. Je ne m'y suis toujours pas faite. C'est tellement énorme !

— Je t'aime, ma puce, je t'aime si fort…
Et me voilà en train de pleurer.
Ri-di-cu-le !

Bon, bon, bon… Je crois que je vais juste m'enfiler une boîte de maïs et une banane, ce soir. Impossible de cuisiner quoi que ce soit sans faire un drame. Pas le droit non plus de m'asseoir.

— Petite dictatrice, tiens !

Je me demande bien le pourquoi de cet étrange besoin de mouvement. Nous n'avons peut-être pas suffisamment bougé aujourd'hui ? C'était notre premier jour sans marché depuis la reprise. Du coup, j'ai voulu en profiter pour mollassonner au lit, puis dans Beajer. Il vaudrait probablement mieux remplacer le travail par une grande balade ? Je tenterai cette option demain matin, car nous venons de passer une vraie grosse journée de merde. Heureusement que je l'aime d'amour, sans quoi elle finirait par la fenêtre. J'ai un peu honte de penser ainsi, pourtant ses cris me font tellement mal. Quand elle est triste et que je ne parviens pas à la calmer, ma douleur est physique. Mon impuissance est si difficile à assumer. Je mesure ma chance d'avoir une enfant plutôt joyeuse et calme. Comment font les parents dont les bébés se plaignent chaque jour ? Sur Internet, j'ai lu des témoignages de mamans dont les petits ont un reflux gastro-œsophagien, par exemple, et les pleurs sont alors quotidiens. En cet instant, je leur tire mon chapeau. Une journée, et me voilà déjà à bout…

Après un repas gobé en remuant sur place, je décide de partir en promenade malgré la pluie et le vent. Je préfère encore braver les éléments que la détresse de ma fille.

Bien emmitouflées, nous déambulons une heure durant dans cette campagne que je ne vois pas, trop au diapason avec les émotions de mon enfant. Ilona reste éveillée un long moment avant de lâcher enfin prise et de glisser dans le sommeil. Lorsque nous rentrons au camping-car, nous sommes trempées et je suis transie. Ma fille, elle, arbore un visage paisible. Enfin. J'espère que je ne vais pas la réveiller en me déshabillant puis en me préparant pour la nuit.

Je tremble de froid, mes doigts sont blancs et mes cuisses complètement marbrées. Je monte le chauffage quelques minutes, le temps de me réchauffer, et ôte mes vêtements. Je les laisse en tas informe devant la porte puis, à moitié nue (il ne me reste plus qu'un tee-shirt par-dessus lequel j'avais noué l'écharpe d'Ilona), je me prépare une tisane frémissante.

Mon moyen de portage est détrempé lui aussi. Heureusement que j'ai le sling en appoint, ça risque de prendre deux jours pour sécher complètement vu l'humidité ambiante. Mon pisse-mémé ingurgité, je dénoue précautionneusement l'écharpe. Peine perdue, ma fille se réveille aussitôt. J'éteins précipitamment l'ampoule du plafonnier et dégaine le sein dans l'espoir fou de la rendormir. J'arrive à virer le maillot mouillé et file au lit à poil. Tant pis, je vais compter sur la grosse couette et le ventilo chauffant. Je chantonne une berceuse en priant tous les dieux et toutes les déesses de l'Histoire. J'ai vraiment besoin de repos, il faut absolument qu'elle se rendorme, je veux qu'elle se rendorme. Mon stress monte et elle doit le sentir, son corps est tout tendu contre le mien. Purée, c'est foutu !

Elle est sûrement inconfortable avec ses habits humides. Je la déshabille en essayant de conserver des gestes doux malgré mon agacement grandissant. Une fois peau contre peau, des images de sa naissance affleurent mes pensées. Aussitôt, ma tension redescend. Je hume son parfum si délicieux et des larmes perlent au coin de mes yeux.

— Je suis désolée, ma puce, tellement désolée.

J'embrasse son crâne tout chaud et l'emmaillote dans sa polaire en même temps que de mon amour. Je pleure un long moment puis, épuisée, je m'endors en compagnie de ma merveilleuse fille.

9.

Erreur enregistrée !

Dès le réveil d'Ilona, je me lève avec entrain en dépit de la fatigue. J'ai les yeux tout pochés d'avoir tant pleuré cette nuit. Ma fille, elle, arbore un large sourire joyeux.

— Bien dormi, ma chérie ? Ça a l'air.

Je la bombarde de bisous qui chatouillent le cou. Elle éclate de rire. C'est parfait pour remplir mon réservoir affectif. Nous descendons de la capucine, j'enfile mon peignoir et grignote rapidement trois bananes et une poignée de noisettes. J'ai la flemme de me préparer un petit déjeuner plus élaboré.

Il bruine à peine, la balade ne sera pas si désagréable…

— Allez, on s'habille et on file.

Heureusement que j'ai une large polaire en rab', car le manteau de portage est bien trop mouillé pour espérer le remettre déjà.

— Zioup, on monte la fermeture éclair, un bonnet pour ta tête… Et en route, super troupe !

Un froid humide me pique le nez dès que nous sortons. Il n'y a pas un chat autour de l'étang, tout juste entend-on quelques canards s'égosiller au loin. C'est très calme, est-ce dû au brouillard ? Cela donne une ambiance dense, presque maléfique. Pour un peu, je m'attendrais à voir apparaître un dragon, ou Nessy.

Ilona paraît ravie, elle observe son environnement avec une attention surprenante pour une enfant si jeune.

— Tu es tellement déconcertante.

J'ai parfois l'impression de vivre avec une grande sage jusqu'à la seconde d'après où le bébé insouciant refait surface. Les contrastes sont saisissants, tout autant que troublants.

Notre petit tour terminé, nous reprenons la route. Demain, c'est LE rendez-vous… Celui avec ma mère. Je stresse depuis deux jours à cette idée. C'est peut-être aussi la raison du comportement angoissé d'Ilona hier ? Je la pressens aussi sensible que moi, son empathie glisse dangereusement vers la sympathie. Est-ce inhérent à son tempérament ou seulement à son jeune âge ? Étant donné les difficultés que me cause mon hypersensibilité, j'aimerais que ce soit la solution numéro deux, seulement rien n'est moins sûr.

Impossible d'installer Ilona dans son siège sans pleurs. Je tends mon petit doigt qu'elle attrape et glisse dans sa bouche pour le téter nerveusement. Tout en s'activant de sa langue et de ses joues, elle émet un grognement agacé.

De ma main libre, je fais démarrer le camping-car et allume l'autoradio. Ils passent la vieille chanson *Mangez-moi* ! Cette bouffée de nostalgie… Mon grand frère écoutait souvent ce titre. Il me manque. Non pas que nous nous entendions. Avec nos treize ans d'écart, nous ne partagions pas grand-chose, mais nous aurions pu être proches en grandissant.

Il était voué à un grand avenir. Bac à quinze ans, classes préparatoires puis HEC… Quelle fierté pour mes parents ! Pourtant la faucheuse n'en a rien à foutre. Sa moto a croisé un platane alors qu'il n'avait pas fêté ses dix-neuf ans. J'avais tout juste six ans, c'était même le jour de mon anniversaire. Il revenait de Paris pour cette occasion si particulière.

Papa avait préparé un gâteau roulé au chocolat, Maman avait décoré la maison avec des ballons roses et bleus. C'était tellement joli, tellement parfait. Quand le téléphone a sonné et que ma mère s'est effondrée, je n'ai pas compris tout de suite. La mort, c'est tellement abstrait à cet âge, même pour une petite fille plutôt éveillée.

Après ça, plus rien n'a jamais été pareil. Notre famille était cassée, la belle insouciance envolée. Mon cœur se serre, je n'aime pas évoquer ces souvenirs.

Ilona s'est endormie sur mon auriculaire. Je le récupère précautionneusement, attache ma ceinture, puis je quitte le parking du plan d'eau à regret. J'aime bien cet endroit.

Au même moment, mon téléphone sonne. Scrogneuneu, je me demande bien qui a pu m'envoyer un SMS. C'est tellement rare. Une pub peut-être ? Ça arrive parfois… Allons bon, nous verrons ça quand nous serons arrivées au parc botanique.

♡

Et merde, il y a des barrières partout pour limiter l'accès aux camping-cars. Ça m'énerve sur ce type de lieux. Je ne vois pas l'intérêt d'empêcher de potentiels clients de venir visiter leurs jardins.

Après avoir tourné pendant un temps infini, je dégote enfin un coin sympa. Nous sommes à deux kilomètres du point de rencontre, ça ira. D'autant plus que la météo sera clémente demain, si j'en crois les prévisions.

Je coupe le moteur ; Ilona reste endormie. C'est assez rare. J'en profite et attrape mon smartphone avec curiosité.

« Bon courage pour ta rencontre avec ta maman demain. Gros bisous et à lundi. »

C'est Diane.

Je n'en reviens pas de sa prévenance. Elle est fabuleuse.

Ah, les yeux de ma fille commencent à s'ouvrir. Elle les referme aussitôt, les frotte vivement de ses petits poings. Comme j'aime ces gestes si naturels et innés, c'est tellement humain… Alors qu'elle cherche à s'étirer, je la libère de sa ceinture.

— Coucou, ma puce. Tu viens ?

Elle se pelotonne contre moi puis réclame une tétée de réveil.

— Allez, on s'installe dans notre fauteuil ?

Un rayon de soleil chauffe mon cou à travers la fenêtre. Nous sommes tellement bien ensemble. Parfois, la vie est si facile.

♡

Il est quinze heures passées lorsque je me mets à table. Tant pis. Après tout, personne ne m'oblige à manger à midi pile. Mes parents me couraient souvent sur le haricot à propos des horaires, est-ce pour prendre le contre-pied de leur grande conformité que j'ai choisi une vie si déstructurée ? Sûrement un peu. Ça m'emmerde tout de même d'avouer qu'une partie de mes choix soi-disant conscients sont un simple pied de nez d'adolescente retardée. Et pourtant…

Ceci dit, j'ai le mérite d'essayer au maximum de me déconstruire, c'est déjà pas mal.

Je me demande comment Ilona grandira ? Saurai-je la laisser libre de rester elle-même ? Saurai-je l'accepter entièrement et inconditionnellement, quels que soient ses choix futurs ?

Jour J. Quatorze heures. Nous arrivons sur le parking du parc botanique. Un beau soleil illumine la campagne et la température est douce. Je choisis de prendre ces éléments pour de bons augures. Ma mère est déjà là, elle nous attend dans son vieux coupé.

— Ma chérie ! Papa s'excuse de ne pas être venu, il avait un concours de belote aujourd'hui.

Ses yeux s'embuent lorsqu'elle découvre la tête d'Ilona entre les pans de ma veste.

— Oooohhhh…

Bien réveillée malgré la balade, ma fille accroche son regard dans celui de sa grand-mère et tend une main vers elle, curieuse.

Ma mère glisse son index au creux de sa paume.

— Bonjour, petite poupée.

Ce terme me fait grincer des dents. Je n'aime pas ce qu'il sous-entend. Ma fille est un être vivant, doué de sentiments, animé par une volonté propre. Elle n'est en aucun cas un poupon manipulable. Je choisis pourtant de me taire. Je suis persuadée qu'elle ne pense pas à mal en utilisant ce mot.

Je les laisse gagater quelques minutes. Ma foi, Ilona affiche un visage aussi ravi que sa grand-mère. Quand elle commence à se lasser, je suggère d'aller prendre des billets. Ma mère insiste pour payer nos deux places bien qu'elle se fiche pas mal de ce jardin. Contrairement à moi, elle n'a jamais été très attirée par la nature.

Le lieu s'avère magnifique entre les cyclamens, les perce-neige, les hellébores, les crocus et les premiers narcisses… J'ai envie de partager cette joie simple avec Ilona, mais ma mère m'accapare. Elle me pose mille et une questions sur notre quotidien, sur la santé de ma fille, sa courbe de poids. Pour un peu, j'ai l'impression de me retrouver en face d'une assistante sociale.

Bien sûr, elle agit par peur. Parce qu'elle nous aime, à sa manière. Pourtant, je ne peux m'empêcher de me sentir infantilisée, rabaissée, jugée incompétente.

Le moindre de mes choix est aussitôt remis en question : l'allaitement, le cododo, le portage… Le point Godwin du parentage est atteint lorsque Ilona indique un besoin d'uriner et que je la sors du sling.

— Apprendre trop tôt la propreté et la forcer, c'est dangereux, m'assène-t-elle.

— Mais je ne force rien, Maman, je me contente de proposer quand elle réclame.

Elle se lance dans une diatribe virulente.

— Maman, la coupé-je plus sèchement. Tu confonds tout. Il n'y a aucune pression pour qu'Ilona soit continente plus vite. Je me contente de repérer ses signaux et d'y répondre.

C'est de la communication, c'est tout. Il n'y a aucune exigence, donc aucune pression.

Peine perdue, elle continue à me reprocher ce comportement. Elle sait bien, elle, elle est assistante maternelle tout de même ! Je lâche l'affaire, lasse de guerroyer en vain. Nous sommes ensemble depuis une heure à peine et me voilà déjà reléguée au rang de mauvaise mère.

Ilona commence à fatiguer, elle demande à téter. Je desserre légèrement le sling pour lui proposer le sein sur lequel elle ne tarde pas à s'assoupir.

— Quelle mauvaise habitude, siffle ma mère. Personne ne saura l'endormir si tu choisis ainsi la facilité. J'espère que tu n'utilises pas la tétée le soir.

À quoi cela servirait-il de répondre ? Je peux toujours parler, je ne serai jamais écoutée.

Il est seize heures lorsque nous sortons du jardin. Je sais que je devrais inviter ma mère à boire un truc chez moi, je n'en ai toutefois aucune envie. J'aurais l'impression de salir notre nid. C'est probablement idiot, comme sensation, mais c'est tenace.

— Je t'offre un petit goûter ?, propose-t-elle alors. Il y a une boulangerie qui fait salon de thé à deux pas d'ici.

Je hoche la tête pour accepter. C'est pour la bonne cause, je sais qu'elle sera heureuse.

Installées à la table, juste à côté du frigo des pâtisseries, nous soufflons sur nos infusions fumantes, silencieuses.

— Comment va Papa ?, osé-je.

— Il est inquiet.

— Inquiet ?, m'étonné-je.

— Oui, il se demande qui est le père et quand il daignera prendre sa place.

Mes épaules s'affaissent. Il ne manquait plus que ça !

— Il n'y a pas de père, Maman.

— Allons bon, ça va bien, la Vierge Marie…

Son ton moqueur empli de violence me heurte aussi sûrement qu'une gifle.

— Ah, ce n'est pas ton frère qui aurait osé nous faire un coup pareil !, lâche-t-elle finalement.

Mon sang ne fait qu'un tour. Des larmes montent aussitôt et une colère sourde m'envahit. Sans un mot, je me lève, récupère mon manteau et quitte le magasin.

Elle ne cherche même pas à me retenir. C'est comme si elle avait tout fait pour obtenir ce résultat : me voir fuir ; pour me le reprocher ensuite, assurément.

Je pleure de rage. Heureusement qu'Ilona est toujours assoupie. D'un pas rapide, je rejoins notre maison roulante. La porte à peine fermée, anéantie, je m'écroule sur mon fauteuil, en face de la bibliothèque dans laquelle mon regard se plonge.

Le temps se met à défiler devant moi sans que je parvienne à bouger. Quand Ilona se réveille, je m'occupe d'elle mécaniquement. Mon corps se meut, pourtant mon esprit est ailleurs. C'est un robot à ma place, je suis étrangère à la scène.

♡

C'est le bruit d'un message qui me tire de cet état second. J'ai peur qu'il s'agisse d'un SMS de ma mère. Un flot d'adrénaline se diffuse en moi : bouffée de chaleur, palpitant excité. Je suis prête à défaillir. D'une main tremblante, j'attrape le smartphone posé sur le plan de travail de la cuisine.

C'est Diane !

Je suis à la fois soulagée et déçue. J'aurais tellement aimé lire des excuses de ma mère…

D'un geste las, je déverrouille l'écran.

« Comment s'est passée la rencontre ? Tout va bien pour vous deux ? »

Les larmes se remettent à couler. Dois-je répondre ?

Je choisis de le faire. J'ai tant besoin de confier ma détresse…

♡

L'échange de textos a réussi à m'apaiser. J'ai repris contact avec la réalité, boulotté une tablette de chocolat noir aux noisettes et suis partie me coucher sans dîner. Ilona s'est montrée d'un calme olympien. Je ne saurais trop la remercier, jamais je n'aurais pu gérer son stress en plus du mien.

Longtemps, je suis restée les yeux ouverts, scrutant le noir de la nuit. Dois-je changer ? Ma mère a-t-elle au moins un peu raison ? Diane a totalement pris ma défense, mais je la sais de parti pris. Nous ne nous connaissons que depuis trois semaines, toutefois notre amitié est déjà forte.

Allons, si je reste comme ça, je suis capable de ne pas dormir de la nuit et je serai imbuvable pour Ilona demain. J'attrape une paire d'écouteurs dans un filet suspendu derrière moi et cherche une séance d'hypnose sur YouTube. En général, ça fonctionne pas mal. La voix du thérapeute s'élève dans mes oreilles et je tente de me focaliser sur cette vibration apaisante. Doucement, mon corps se détend et je sombre enfin dans le sommeil. Un sommeil hanté de cauchemars. Un sommeil plein de la mémoire de mon frère si parfait.

10.

Finalement, j'ai choisi de faire une deuxième tournée de quinze jours sur les mêmes marchés. C'est Diane qui m'a conseillé cette stratégie. Elle connaît bien la population et pense qu'il faut fidéliser un poil et allonger mes plages de vente. Ensemble, nous avons organisé les quelques mois à venir. Ça m'oblige à rester dans le coin, à partager pas mal de dates avec elle... Cette perspective me plaît plus que de raison, bizarrement. Les yeux de la maraîchère pétillent tout autant à l'évocation de notre proximité.

Cet après-midi, je vais récolter mon osier avant la fin de la saison. J'arrive bientôt au bout de mon stock. J'ai repéré une zone sauvage couverte de saules et obtenu l'autorisation de la commune pour élaguer. Hier, j'ai affûté mon sécateur, sorti ma paire de gants et ma ficelle à rôti. Je suis prête ! C'est une étape de mon travail particulièrement fatigante, pourtant je l'aime beaucoup.

Pour la première fois, je ne serai pas seule. Non seulement Ilona sera près de moi, mais Diane nous rejoindra pour prendre soin d'elle. Le temps s'annonce froid et humide, j'espère qu'elle ne regrettera pas d'avoir proposé son aide.

Ah, ça frappe déjà à la porte. Je termine ma compote en vitesse et dépose mon ramequin dans l'évier avant d'ouvrir.

— Bonjour Solange, bonjour Ilona ! Je suis un peu en avance, j'ai fini plus tôt que je ne le pensais.

— C'est parfait.

J'hésite un instant, les imprévus sont toujours difficiles à gérer, je n'ai pas eu le temps de jouer mentalement cette situation. Enfin, je me lance :

— Tu veux monter prendre un thé ?

— Avec plaisir.

Elle ôte ses chaussures et son manteau dans les marches puis va s'installer à la table.

— Si tu veux, je prends ta puce pendant que tu termines ton repas, j'ai l'impression que je t'ai un peu dérangée…

— Tu ne m'as pas dérangée du tout, mais je veux bien que tu t'occupes d'Ilona. Ça sera plus facile pour préparer le thé et donner un coup d'éponge sur la table.

Du coin de l'œil, je les vois jouer. C'est un beau tableau. Je sais que Diane a été mariée un moment. Pas long apparemment, pas eu le temps de devenir maman.

« Ce mariage, c'était une grosse erreur, m'avait-elle avoué à mi-voix. Je crois que je n'ai jamais aimé Mathieu, mais je rêvais d'une maison et d'au moins deux gamins à choyer.

J'avais vingt et un ans, j'étais trop jeune et c'était un beau parleur. Il me faisait me sentir tellement vivante. C'est progressivement que tout a changé. Il est devenu moqueur, presque violent. Heureusement, mes parents m'ont beaucoup soutenue. Ce sont eux qui m'ont aidée à me tirer de ses griffes. »

Elle n'arrivait pas à tomber enceinte. Une grosse souffrance à l'époque, pourtant avec le recul, elle s'avoue que c'était mieux ainsi.

« Si nous avions eu un enfant en commun, je n'aurais pas réussi à le quitter. Je ne sais pas jusqu'où sa violence aurait pu aller... »

Comme je l'observe à la dérobée, je prends conscience de son visage rond encadré par des cheveux blonds coupés au carré. Ses yeux sont d'un bleu incroyable. Deux portes sur une mer des Caraïbes... Nan mais c'est quoi, cette pensée cliché du siècle !? N'importe quoi. Pourtant, c'est vrai qu'elle a un regard magnifique. Il est d'autant plus beau qu'il se pose sur Ilona avec une profonde bienveillance. Quelle chance j'ai d'avoir croisé la route de cette femme.

♡

Récap' de fin de journée : épuisée, transie, humide et avec une grosse ampoule sur le pouce, certes, mais aussi avec un beau fagot d'osier sur le toit. D'habitude, la phase de séchage se faisait chez mes parents. Cette année, j'innove. On verra bien si le résultat est satisfaisant. L'idée d'être redevable à ma mère et à mon père me file la nausée. Mon indépendance n'a pas de prix. En mai, lorsqu'il faudra décortiquer le stock, je verrai bien si la qualité est là…

Diane et Ilona ont passé la plus grande partie de la journée à jouer dans Beajer, ne venant me rejoindre que pour les tétées. Ça s'est bien passé. J'avais peur que la séparation soit difficile. En fait, je crois avoir davantage souffert du manque que ma fille. Il faut dire que Diane est parfaitement à l'écoute. Elle a même réussi à attraper un pipi. Bien qu'elle n'ait pas voulu utiliser l'écharpe, elle a tenu à faire une petite balade dans la campagne environnante.

— Je sais que c'est important pour Ilona de respirer l'air extérieur. Tu me l'as assez raconté. Ne t'inquiète pas, elle n'est pas si lourde, je vais réussir à la porter le temps d'une promenade quand même !

Apparemment, ma puce a fini par s'endormir sereinement à ce moment-là.

— C'était si touchant de la sentir détendue contre mon épaule comme ça. Elle est vraiment craquante.

Et elle n'est pas la seule, avais-je pensé malgré moi.

Chaque jour, je suis davantage sous le charme et ça, ce n'était pas du tout prévu au programme. J'ai toujours cru que j'étais aromantique. Les plans cul, OK, mais les sentiments, bien peu pour moi. Pourtant, ce que je ressens à l'encontre de Diane, ce n'est plus de la simple amitié, je le vois bien. Sinon, aurais-je l'envie de me blottir dans ses bras ? De caresser sa joue ? De tenir sa main dans la mienne ?

Ilona émet un petit soupir adorable dans son sommeil, me sortant l'espace d'un instant de mes rêveries éveillées. Un trop court instant, car l'image de Diane me revient aussitôt en tête. Y a-t-il une chance pour que cet amour soit réciproque ?

♡

Ce matin, j'ai bien vendu en dépit d'un déballeur « effraie-client » juste à côté de moi ; Ilona se porte comme un charme, alternant siestes, tétées et sourires ; cerise sur le gâteau, nous mangeons chez Diane pour la toute première fois ce soir… Bref, c'est une belle journée.

En attendant l'heure du rendez-vous, je fais quelques courses au magasin bio du coin. C'est fou comme tout coûte un pont ici. Voter avec mon compte en banque, c'est cool sur le papier, mais beaucoup moins sur le ticket de caisse…

137

Enfin, un peu fébrile, je frappe à la porte de chez Diane. Elle habite au deuxième dans un petit immeuble récent. Le sol est moquetté et les murs en papier de verre recouverts d'une épaisse couche de peinture couleur crème. C'est sobre et propre. Ilona se tortille dans le sling, curieuse.

— J'arrive !

La porte s'ouvre sur une Diane rayonnante. Elle porte un simple jean bleu et un pull chamarré. J'aime la manière dont cette tenue souligne ses rondeurs. Je la trouve sublime. Chaque jour et après chaque échange avec elle, elle m'apparaît plus belle encore.

— Bonsoir, bafouillé-je bêtement.

— Entrez, entrez ! Faites pas attention au bazar surtout.

C'est vrai que c'est un peu le boxon dans la pièce qui sert à la fois de salon, de salle à manger et de cuisine. Un sac ouvert est posé au beau milieu du canapé, une paire de chaussures traîne dans le passage et l'évier déborde.

— Je peux t'aider à faire quelque chose ?

— Non, je ne crois pas… Sauf si tu sais inverser le temps ? J'ai fait cramer le cake… Ça y est, tu sais tout de mes défauts : je suis une piètre cuisinière et une ménagère absolument affreuse !

— Allons, je suis sûre que tu dramatises !

Bon, elle n'exagérait peut-être pas tant que ça, c'est vrai que le cake aux olives était particulièrement bronzé. Ceci dit, le reste du repas s'est avéré délicieux et puis on a le droit de ne pas être ordonnée. Je le suis peut-être un peu trop, pourtant la vie en camping-car deviendrait vite un enfer si je ne l'étais pas.

Tandis que je fais rouler une tasse de tisane entre mes mains, assise sur un fauteuil, j'observe l'appartement. Serais-je capable de vivre dans un tel endroit, si… immobile ? Imperturbable, Ilona trifouille un bolduc sur le tapis. Elle s'éclate visiblement et gazouille avec joie. Serait-elle mieux dans un environnement plus stable ? Diane revient des toilettes et me coupe dans mes pensées.

— Elle a une telle chance de vivre avec toi, Ilona. Tu te rends compte comme tu l'ouvres au monde avec ton mode de vie !

— Tu crois ?

— Mais tellement…

Elle semble songeuse, je n'ose plus la regarder. Je ne saurais expliquer pourquoi, j'ai l'impression de devenir témoin d'un moment trop intime. Mes yeux se posent sur un cadre en bois. Il se compose de quatre photos. Sur la première, c'est un chien de race indéterminé. Sûrement Boogie, le toutou de son enfance. Elle m'a déjà parlé de lui. Sur la deuxième photo, je la reconnais, préadolescente, en compagnie de sa famille probablement : un homme moustachu, une femme blonde à la coupe des années quatre-vingt-dix et deux garçons plus jeunes coiffés en brosse. Cette dégaine avec les chemises bariolées de l'époque ! La troisième photo est une maison de campagne, celle de ses vacances, à mon avis. Elle m'a raconté la déchirure lorsque ses parents l'ont vendue suite à leur divorce. Sur la quatrième photo, elle pose en compagnie d'une ado. Elles doivent avoir toutes deux dix-huit ans, maximum. Je me demande de qui il peut bien s'agir. Une grande complicité émane de ce cliché.

Sans quitter cette image des yeux, je porte à mes lèvres la tasse. Un festival de saveurs emplit alors ma bouche. Mes papilles sont à la fête.

— Mmmm… Cette infusion est délicieuse ! C'est quoi ?

— Oh ! Tu trouves ? Merci. C'est moi qui l'ai composée à base de plantes sauvages. Je l'ai appelée « artifice des talus ».

— J'adore !

Un ange passe. Je la vois ouvrir la bouche pour parler, hésiter. Commencer une phrase, se raviser. Est-ce que je devrais dire quelque chose pour l'inciter à s'exprimer ?

Enfin, elle se lance :

— Ça va sûrement te paraître débile comme idée, mais je rêve de commercialiser mes tisanes de plantes sauvages.

— C'est loin d'être idiot, Diane, je trouve même l'idée excellente ! Je suis sûre que ça pourrait fonctionner !

— Tu crois ?

L'espoir s'entend dans sa voix un peu tremblante.

— Carrément ! Tu as fait une étude de marché pour connaître les coûts des sachets et compagnie, les autorisations, le régime juridique nécessaire ?

Elle secoue la tête négativement.

— Tu y penses depuis longtemps ?, m'étonné-je.

— Quelques années…

— Et tu n'as fait aucune recherche ?!

— Non…

Les bras m'en tombent. Ça me paraît incroyable de rêver d'un truc aussi « possible » et de ne pas chercher à aller plus loin.

— Tss, tss, tss. Ramène-moi ton ordi, tu veux…

Elle s'exécute et m'apporte un notebook.

— Allons, commençons par le côté rébarbatif : la loi.

Je tapote quelques mots-clés sur le moteur de recherche et tombe aussitôt sur un document officiel.

— Humf, c'est ballot ça, tu ne peux pas prétendre au statut de micro-entrepreneur, tu dois rester affiliée à la MSA. Ils considèrent que c'est de l'agricole. Ça ne te changera pas et la bonne nouvelle, c'est qu'il y a un statut clair, c'est déjà pas mal, crois-moi ! On est en France quand même…

« Je te crée un dossier sur ton bureau avec toutes les infos.

« Ensuite, est-ce possible de commercialiser ces plantes sans diplôme de pharmacien… Je sais que la loi est raide à ce sujet dans notre pays. Ça y est, j'ai trouvé : « décret n° 2008-841 du 22 août 2008, relatif à la vente au public des plantes médicinales inscrites à la Pharmacopée ». Attends, c'est noté aussi « une plante cesse d'être médicinale et donc sous le joug de ce monopole dès que l'on peut justifier d'un usage non thérapeutique en Europe ». Il suffit de ne pas donner de noms faussement bien-être à tes mélanges, j'imagine. Qu'en penses-tu ?

Elle reste muette, toutefois ses yeux brillent d'excitation et elle acquiesce vivement.

— Voyons maintenant les aspects plus marrants. Il te faudra des sachets pour vendre tout ça. Papier kraft, ça fait bobo-chic, c'est parfait.

J'ouvre une feuille de calcul en deux temps, trois mouvements et commence un tableau pour estimer les coûts.

— Visiblement, il faut compter environ six euros les cinquante sachets. Douze centimes l'unité, c'est raisonnable. Tu aurais besoin de quoi d'autre ?

— J'ai déjà un déshydrateur… Il n'y a pas vraiment de matériel spécifique.

— OK, donc juste une table et un parasol de marché en gros… Une balance peut-être aussi pour peser tes sachets ?

— J'en ai déjà une.

— Nickel. Tu vois, en magasin bio, il faut compter six à sept euros les sachets de cinquante grammes. À mon avis, tu peux monter à huit euros pour le côté artisanal, blablabla. Si je prends un SMIC, en retirant approximativement tes charges… Il faudrait vendre à peu près deux cents sachets par mois, une dizaine par marché si tu en fais cinq par semaine. Question ventes, c'est presque jouable, question conception, tu en penses quoi ?

— Ça me paraît énorme à mettre en place, mais pas impossible…

Je pianote rapidement sur l'ordinateur et hop, c'est dans le panier.

— Tu sais quoi ? Tu as une semaine pour trouver quelques beaux talus à dépouiller, car d'ici-là deux cents sachets vont arriver dans ta boîte aux lettres !

— Euh… Tu es folle ?!

— Absolument, et fière de l'être !

Nous passons une bonne partie de la nuit à rêver tout haut. Après tout, pourquoi pas ?

11.

Diane a obtenu l'autorisation d'une petite commune pour récolter des plantes le long d'un GR, un sentier de grande randonnée. Emmitouflées dans nos manteaux, nous sommes parties toutes trois en balade. C'est moi qui transportais les sacs en tissu pour le glanage.

Le temps de tester le modèle économique, je me chargerai des ventes en consacrant un petit espace aux tisanes sur mon propre stand. C'est moyen légal, peut-être, mais ça devrait passer.

Pour l'heure, nous sirotons un chocolat chaud pendant que le déshydrateur bosse.

— Avec tout ça, je vais proposer trois mélanges. Que penses-tu ?

— Ça va représenter combien de sachets à ton avis ?

— Pas énorme, dix de chaque, à peu près.

— Faudrait faire une cueillette par semaine pour être bien.

— On peut toujours essayer ! Pour le nom des mélanges, j'ai pensé à « Amour cosmique du chakra thérapeutique », lance-t-elle en référence à certains de mes clients particulièrement perchés.

Nous gloussons comme deux ados. Je surenchéris avec d'autres idées loufoques. Notre hilarité est telle qu'Ilona se réveille avec une moue outrée qui nous fait redoubler de rire.

— Ça faisait longtemps que je ne m'étais pas marrée comme ça !

Et moi donc, pensé-je en la dévorant des yeux. Un petit blanc s'installe, une gêne s'immisce entre nous alors que ce moment était si parfait. A-t-elle capté que mon amour pour elle commençait à glisser dangereusement sur une autre pente que celle de l'amitié ?

Elle se lève, se racle la gorge et bredouille quelques mots avant d'aller aux toilettes. Nous voici seules, avec Ilona, sur le canapé convertible. Tout en proposant à ma fille de faire pipi dans son petit pot — elle a toujours besoin au réveil — mes yeux se baladent dans la pièce. Illustrations de fées et dragons aux murs, figurines geek sur le vaisselier et ce cadre avec les photos qui m'hypnotisent comme à chaque fois…

— Vous restez manger ?, demande-t-elle dès son retour.

— Avec plaisir.

Vais-je oser la questionner et rentrer sans autorisation dans son intimité ?

— Par contre, mon frigo est vide, ne t'attends pas à grand-chose, hein !

Je mets un petit moment à comprendre qu'elle me parle du repas. Comme si cela avait une importance…

♡

Bon, j'ai pas osé poser de questions, bien sûr… Je suis sûre qu'un secret se cache dans ces photos, mais c'est peut-être juste mon imagination qui me joue des tours.

Ce matin, je propose les tisanes de Diane pour la première fois. Elle a calligraphié en belles anglaises les trois noms, sérieux, que nous avons finalement choisis. Ça vaut ce que ça vaut : « Poésie printanière » « Joie des talus » et « Souffle de dragon » pour la dernière, en raison de sa saveur un poil épicée.

La journée risque d'être longue, Ilona s'est visiblement levée du mauvais pied : elle passe son temps à râler. En vrai, la pauvre puce doit avoir mal aux gencives. Elle bave beaucoup depuis hier. Il faut dire que ça lui fait déjà quatre mois et demi, ça serait possible que les dents commencent à la travailler. J'ai du mal à réaliser, le temps passe tellement différemment depuis qu'elle est arrivée. Il défile à une vitesse hallucinante tout en s'étirant à mort parfois : quand elle est mal ; comme aujourd'hui.

L'installation du stand est d'une galère sans nom. Ilona ne cesse de pleurer. Je tente l'écharpe avec un nœud kangourou, puis le sling avec option tétée avant de la poser au sol sur son tapis. Aucune solution ne paraît convenir.

Elle est mal, mal, mal… Et le couillard d'à côté qui se plaint. Sale type ! Je ne supporte pas l'âgisme de base et c'en est un bel exemple. Sous prétexte qu'Ilona est une bébée, elle devrait se taire ou, au pire, s'extraire de l'espace public pour ne pas gêner Môssieur le dominant. Grrrr… Déjà que je suis sur les nerfs de la savoir en souffrance, si je ne le mords pas avant la fin de la journée, il sera bien veinard !

Tout est en place, un petit crachin vient de se mettre à tomber. Je sens que les giboulées vont être de la partie. C'est de saison ! J'ai pris Ilona dans mes bras et comme je danse en fredonnant, elle s'apaise enfin. Je risque de ne pas vendre grand-chose si je dois prendre soin d'elle aussi intensément, c'est tant pis. Ça ira mieux demain. J'ai fait le choix d'accueillir cette petite humaine dans ma vie, je lui dois bien quelques heures « off »…

— Ça va aller Ilona, je suis auprès de toi. Si tu as besoin d'exprimer ta douleur, je suis là pour l'écouter. Là, ma puce. Je t'aime de tout mon cœur.

♡

Elle a réussi à s'endormir aux alentours de dix heures, d'un sommeil agité. Le temps instable n'était pas favorable aux visiteurs, j'ai malgré tout réussi à vendre un bijou ainsi que cinq sachets de tisane. Je trouve que c'est un bon début. Surtout compte tenu de la météo et de mon peu de disponibilité. À son réveil, Ilona se sentait mieux tout en demandant beaucoup d'attention. Plusieurs opportunités ont été ratées de ce fait. Je crois vraiment en Diane et son projet. Bien sûr il n'y a pas de quoi devenir riche ; pourtant, en vivre chichement, c'est jouable, assurément. Je sais que mon amie ne cherche pas la fortune, ce n'est pas dans l'argent qu'elle place sa qualité de vie. J'aimerais vraiment lui montrer qu'elle peut avoir confiance en elle et en ses envies. Nous nous revoyons dans trois jours, j'espère que son stock sera bien entamé d'ici là !

♡

Le camping-car est garé à côté d'un petit chemin campagnard, dans une impasse menant à une ferme en ruine. Nous sommes très légèrement en pente et le bac à douche s'évacue mal, sans quoi le lieu est idéal.

Ilona et moi gagatons gaiement à coup de « areuh », installées sur le sol, à côté de la bibliothèque. Le jour est en train de tomber et il me tarde que cette journée s'achève. Je suis épuisée de toute l'attention réclamée par ma fille. En cet instant, je rêverais d'un relais pour prendre soin d'elle… J'irais à la piscine prendre

149

un bain de bulles, ça serait tellement merveilleux ! Allons bon, en vrai, j'aurais la flemme de me déshabiller pour enfiler un maillot, de me fader le regard des autres baigneurs, de supporter l'odeur du chlore et compagnie. Non, vraiment, je suis bien mieux dans mon chez-moi, au milieu de nulle part, avec mon adorable petite fille.

— Adorable, oui, tu l'es Ilona. Par contre, je commence à avoir sacrément faim. Tu penses pouvoir jouer seule quelques minutes, le temps que je me prépare une bricole ?

Je sens que mon temps est limité, aussi j'opte pour une casserole de pâtes. Va pour celles à base de lentilles de corail. Elles sont vraiment originales. Avec un oignon rissolé, ça sera nickel. Vite, vite, je mets l'eau à bouillir, j'épluche puis coupe grossièrement ce truc terrible conçu pour brûler les yeux. Vacherie…

Vite, Ilona exprime déjà son ras-le-bol. Un filet d'huile d'olive, c'est parti pour faire dorer mes lamelles…

Mince, je viens de repérer le signal du caca. Je rince mes mains sommairement, frotte mes paupières irritées, puis me précipite avant qu'il ne soit trop tard. Ouf, nous arrivons au-dessus des toilettes sèches pile au bon moment. Ilona n'est pas pressée, quand nous retournons dans la cuisine, les oignons sont légèrement cramés.

— Eh merdum !

C'est jusqu'au bout une journée pourrie. Même mes pâtes se révèlent ratées, c'est un comble ! Pour la peine, je décide de manger à même la casserole. Pas envie de me taper davantage de vaisselle, déjà que je me retrouve à avaler mon repas assise par terre pour contenter Ilona. J'imagine d'ici ma mère hurler à l'enfant roi. Elle serait bien incapable de percevoir la détresse de ma fille qui doit supporter une journée de douleurs. Qui serais-je pour lui refuser le soutien de ma présence bienveillante ?

♡

Confortablement allongée dans notre lit, une Ilona paisible contre mon sein en mode « je tétouille en pionçant », j'échange une flopée de messages avec Diane. Je suis heureuse de lui transmettre l'enthousiasme de ses premiers clients. Elle a évidemment demandé à son patron si elle pouvait présenter ses tisanes lors de ses marchés à elle, mais il a bien sûr refusé. Un vrai couillard, ce type. Lundi encore, elle me racontait comme il l'avait harcelée. Il est plus que temps qu'elle se sauve de ce travail toxique. J'espère être le petit coup de pied au cul qui lui permettra de sauter le pas…

Nous discutons longtemps, trop sûrement. Le temps file en un éclair et le réveil risque d'être rude demain. Quand j'éteins enfin mon smartphone, le coup de pompe tarde à venir. Je pense au fait que la semaine prochaine m'éloignera de mon amie pendant deux gros et longs mois, minimum. Je dois changer de zone pour relancer mes ventes. Cela fait déjà trop longtemps que je tourne sur ce secteur. Heureusement que ma boutique en ligne compense la perte progressive de mes revenus. Heureusement aussi que je vis chichement. Je crois sincèrement en la décroissance volontaire, ceci dit, j'ai quand même besoin d'un minimum d'argent pour survivre dans notre société.

Allons bon, c'est la première fois que je déprime à l'idée de m'éloigner de quelqu'un. Il n'y a pas à dire, Diane m'a ensorcelée ! J'en perds carrément le sommeil, c'est vraiment nouveau. Quand je pense à elle, ma gorge se serre, c'en est presque douloureux. Ça ressemble à ce que je ressens pour Ilona. En moins animal peut-être, plus cérébral. Je sais que je pourrais tuer pour ma fille, mon amour envers Diane est plus réfléchi, moins inconditionnel. C'est assez surprenant pour moi, ces deux amours à la fois si semblables et différents. Un an plus tôt, je n'aurais jamais imaginé pouvoir expérimenter tous ces sentiments. Je navigue dans un océan inconnu. C'est aussi grisant qu'effrayant.

♡

Ça démarre vraiment bien pour les tisanes de Diane. L'objectif des dix ventes par marché est en moyenne atteint. Nous avons organisé une deuxième mission récolte. Je pars ainsi dans la région voisine avec un beau stock à présenter. Si la tendance se confirme, mon amie pourra sereinement envisager de lâcher son job-à-la-mords-moi-le-nœud. La question est : osera-t-elle sauter le pas malgré ce beau filet ? Si elle démissionne, elle peut faire une croix sur certaines aides. Le risque n'est pas minime. Pourtant, fuir son misogyne de patron, de mon point de vue, c'est capital. Je vois combien elle souffre de cette relation malsaine. Elle m'explique souvent à quel point cela fait ressurgir les souffrances liées à son mariage raté. Je me demande bien pourquoi la vie nous présente toujours et toujours les mêmes situations. Mes clients à fond dans la spiritualité ont-ils raison ? Avons-nous des leçons à apprendre et à dépasser ? Je souhaite de tout cœur à Diane de bientôt passer au niveau suivant. « Challenger : next level ! »

♡

La vie reprend son cours, sans la présence physique de mon amie. Ilona et moi nous suffisons à nous-mêmes, pourtant les yeux pétillants de Diane me manquent. Nous échangeons quotidiennement via Messenger, mais ce n'est pas pareil.

Pour ses cinq mois, Ilona a décidé de sortir sa toute première dent. C'est plutôt précoce. Pour le moment, ça forme une simple ligne translucide dans la gencive. J'espère qu'elle ne se mettra pas à mordre en tétant. Ça me fait un peu peur d'avoir mal. Je n'ai pas gardé un bon souvenir du début de cette aventure lactée et je n'ai pas envie de revivre des douleurs. C'est maintenant tellement apaisant, simple et magique… Aucune envie de rompre ce charme-là !

À la fois je suis heureuse d'être témoin de ces changements et, en même temps, je découvre la nostalgie : bientôt son sourire édenté sera une histoire ancienne. Ai-je suffisamment profité de ces moments ?

♡

Pour Pâques, Maman m'a bourré le mou et nous avons fixé un rendez-vous. Elle a finalement repoussé : « Tu comprends, Tata Val fait un repas de famille, tu pourrais venir pour présenter Ilona ». No way, même pas en rêve ! Valérie est une raciste notoire, je ne peux pas la supporter, hors de question que j'aille dans un traquenard pareil. D'autant plus qu'Ilona est loin d'être blanche-blanche… Le week-end suivant a été posé, puis annulé en raison d'un tournoi de pétanque oublié. Si ça ne bouge pas encore, nous nous retrouverons le premier mai. J'ai l'impression qu'ils reportent sans cesse, que trament-ils, franchement ? Maman a promis de se tenir à carreau, j'espère qu'elle saura se contenir… Papa viendra aussi, pour une fois. J'ai refusé de les retrouver chez eux, prétextant un temps de route trop long entre deux marchés. Ça sentait tellement le guet-apens… Nous avons convenu de nous retrouver au port de Jard-sur-Mer. Je tourne dans ce coin-là en ce moment. Ça change de la campagne ligérienne. Le public est plutôt sympathique, moins frileux. J'ai pas mal d'échanges et les ventes sont correctes, tant pour mes bijoux que pour les infusions de Diane. Je suis heureuse pour elle. Précautionneuse, comme souvent, elle a décidé de placer tous les bénéfices sur un livret. Ça lui fera un petit matelas pour se lancer. Elle a déjà bien assez pour investir dans le matériel de déballage. À sa place, j'aurais déjà tout lâché, mais je suis tout sauf raisonnable…

12.

On y est, c'est le premier mai… Nous avons trouvé à nous garer assez loin du port, il y a une manifestation qui prend toutes les places. Nous voici donc à pied, lourdement chargées du sac à langer. J'ai prévu de quoi tenir la journée entière et le temps reste incertain, ce qui impliquait de penser à plusieurs tenues.

Cet endroit est vraiment chouette. Entre le moulin à vent, l'odeur de l'iode et les bateaux, j'ai une impression de vacances pas désagréable. Manque juste le bruit des drisses, c'est tellement dommage qu'elles doivent maintenant rester à l'intérieur des mâts en carbone. Certains sons anodins me crispent étrangement, tandis que d'autres me provoquent un intense plaisir. C'était le cas de celui des ports de ma jeunesse. Heureusement qu'on trouve des enregistrements sur Internet, je les écoute parfois pour m'endormir. D'ailleurs, ça me donne envie d'y penser pour ce soir… Selon le déroulé de la journée, une séance de méditation ne sera pas du luxe !

Je retrouve mes parents devant une aire de jeux en forme de bateau. Ils sont déjà arrivés.

— Papa, Maman…

Je me penche pour les embrasser. Ilona s'est endormie contre moi pendant la marche et ils respectent son sommeil. C'est assez incroyable pour être noté, je suis sûre qu'ils rêveraient de la réveiller juste pour pouvoir profiter d'elle.

— La route s'est bien passée ?

— Très bien, nous avons roulé hier soir et dormi dans un petit *bed and breakfast* très sympathique. Ton père a réservé un resto pour ce midi. Tu as vu, il y a un salon du livre sur le port, ça te dit d'y faire un tour avant ?

Elle a parlé d'une traite, sans reprendre sa respiration. Je hoche la tête vivement. C'est une super nouvelle, ce salon. Je n'avais même pas fait attention au thème de la manifestation. J'avais seulement constaté la présence des tonnelles, sans chercher plus loin.

Nous nous mettons en marche pour rejoindre l'événement. C'est assez conséquent, il doit bien y avoir une cinquantaine d'auteurs et d'autrices. Je me réjouis à l'idée de découvrir de nouveaux livres.

Ça souffle assez fort malgré le brise-vent, les plantes installées dans la rue pour décorer ne cessent de tomber. Heureusement, le soleil est de la partie malgré les nuages et le froid n'est pas trop mordant. Je m'absorbe dans les ouvrages, échangeant parfois quelques mots avec les écrivains. Ça me permet d'éviter de trop parler avec mes parents. Je redoute déjà le repas.

Que pourrons-nous bien dire ? Je n'ai tellement rien en commun avec eux, si ce n'est mes gènes, et mes gênes…

Alors vraiment, je suis ravie de ce salon surprise. J'ai trouvé trois livres adorables pour Ilona. Ses premiers bouquins dédicacés ! Je me suis retrouvée tout émue, comme une gosse, lorsque l'autrice a écrit sa bafouille en première page. Ma fille aimera-t-elle lire autant que moi ? Toute mon enfance, toute mon adolescence, je les ai passées réfugiée dans les histoires. Peut-être n'aura-t-elle pas ce besoin de fuite ? À la réflexion, je le lui souhaite.

— C'est le restaurant, juste là.

Mon père me coupe dans mes pensées. Pour un peu, je sursauterais.

— Ça te va ?

Je hoche la tête. Le moment difficile arrive. Moi, et Ilona, en tête à tête avec mes parents. Brrr, je frissonne de trouille à cette simple idée. Allez, sois forte, Solange, go, go, go !

Comme nous nous installons à la table réservée pour l'occasion, je sens ma fille bouger contre moi.

— Je vais aux toilettes.

Je préfère qu'elle s'éveille tranquillement avec moi, sans se faire sauter dessus par ses grands-parents, au taquet. Je préfère aussi pouvoir lui proposer de se soulager ailleurs que dans sa couche. Elle déteste ça et si je la laisse râler devant eux, que vont-ils penser ? Ils sont si prompts à juger. Je ne peux et ne veux pas imaginer leurs pensées pleines de reproches salir ma fille.

— Bonjour, Ilona…

Elle me regarde, ferme les yeux, les rouvre, se les frotte vivement, bâille à se décrocher la mâchoire puis me fixe en souriant.

— Ça va, ma puce ?

Je défais le nœud de mon écharpe et commence à ôter son petit sarouel. Je profite que nous sommes seules pour lui faire faire son pipi dans le lavabo. Ça fait moins mal au dos que de se pencher au-dessus des toilettes. Un petit coup de rinçage, et c'est ni vu ni connu.

— C'est mon tour, maintenant.

Je signe le mot pipi devant le miroir. Ça la fait marrer. J'ai décidé d'essayer d'utiliser quelques bribes de français signé. J'aime l'idée de lui proposer plusieurs canaux de communication. C'est tellement difficile d'échanger entre humains, tous les moyens me semblent bons à prendre.

— Ah ! Vous revoilà ! Mais tu es réveillée, jolie poupée !

— Elle est encore plus belle qu'en photo.

Mon père tend la main vers elle, récoltant un large sourire.

— Oh, elle a une petite dent ! Déjà !

— C'est dommage que tu l'habilles comme un garçon quand même…

Ma mère, fidèle à elle-même.

— Je l'habille comme un humain, c'est déjà pas mal, rétorqué-je, déjà agacée.

Sa manière de se « tenir à carreau », selon ses mots et sa promesse, laisse à désirer. Changera-t-elle un jour ?

— As-tu besoin de réchauffer un petit pot ?

— Non, ça ira, elle n'a pas encore commencé à manger solide, même si c'est pour bientôt.

En vrai, je pense tenter une diversification menée par l'enfant et éviter de proposer des textures mixées. Toutefois, ça restera un secret le plus longtemps possible, je n'ai vraiment aucune envie d'entendre les arguments — forcément opposés — de ma mère. Ilona aura six mois la semaine prochaine et, suivant les recommandations de l'OMS, je pense commencer à lui donner autre chose que mon lait à ce moment-là. Ça me fait tellement bizarre de l'imaginer ne plus dépendre totalement de moi pour survivre. Ça a quelque chose de valorisant d'être à ce point responsable d'un autre être vivant.

Le serveur arrive avec les menus. Nous nous plongeons dans leur lecture. Ilona cherche à m'aider dans mon choix en tripotant les pages avec joie. Rapidement, trop à mon goût, tout le monde repose les livrets.

— Elle a la peau mate, constate mon père. Des origines arabes ?

Alerte rouge, alerte rouge, pente glissante en vue ! Que répondre ? Je n'ai aucune envie que la conversation s'oriente vers un supposé géniteur.

— Aucune idée. Est-ce qu'on commande une carafe de vin ?

C'est le seul truc que j'ai trouvé pour dévier la conversation. C'est pitoyable, d'autant plus que je n'aime pas le vin… Tant pis.

— Tu peux boire en allaitant ?, s'étonne mon père.

— En petite quantité, sans souci. L'alcool passe très peu dans le lait.

Bon, ça a le mérite d'être efficace, il semble avoir oublié son idée malaisante.

Une serveuse arrive bien vite pour prendre nos commandes. Elle n'a rien pour noter, comme dans les lieux chic. Tout dans la tête. Ça m'épate, moi qui suis capable d'oublier quelque chose entre ma salle à manger et mes toilettes alors que j'habite dans un camping-car…

La conversation s'oriente vers mes marchés et mes bijoux. Ça pue la condescendance envers mon passe-temps et mes « loisirs créatifs », mais ça épargne Ilona, alors je prends avec plaisir. Cette dernière s'amuse avec mes couverts.

— Attention, elle va se faire mal !

— Ça va aller, c'est juste une petite cuiller.

— Elle la met dans sa bouche.

— C'est plus ou moins fait pour, à la base…

Dans ma tête, j'imagine les faits divers de demain : « Une jeune femme assassine froidement ses parents dans un restaurant de Jard-sur-Mer ».

Sauvés par un serveur qui débarque avec la picole. Ils resteront dans l'ignorance qu'un simple pichet de vin a épargné leurs misérables vies. Ma voix mentale a pris le ton d'une bande-annonce de thriller. Je me marre intérieurement. Il m'en faut peu, c'est nerveux.

— Je peux la prendre un instant ?

J'ai envie de hurler un « non » tonitruant, toutefois je me raisonne.

— Ça te dit d'aller avec Mamie, ma puce ?

Comme elle me sourit, je prends ça pour un oui. C'en est sûrement un, car elle semble ravie dans les bras de ma mère qui gazouille plus qu'elle. Je choisis d'imprimer ce moment dans mon esprit. Y aura-t-il d'autres parenthèses de bienveillance entre ces deux-là ?

Le repas se passe. Ni bien ni mal. Il se contente de passer.

Mon père propose une balade sur la plage.

Ilona est contente de se retrouver dehors. Elle regarde les vaguelettes avec une grande insistance. On dirait qu'elle cherche à comprendre leur fonctionnement. Ça lui donne l'air d'une vieille sage, c'est marrant. Elle est dans les bras de mon papa. Ça me rappelle les moments heureux, ceux avant la mort de Jérôme. À l'époque, il me prenait sur ses épaules, me faisait marcher sur ses pieds en riant…

La chanson de Renaud me revient en tête : « Putain, j'ai la rage, Contre ce virage, Et contre ce jour-là, Où tu t'es vautré, Dire qu'c'était l'été, Dans ma tête y fait froid ». Putain de platane.

Papa et Maman ont fini par partir, je suis restée sur la plage avec ma fille. Allongée sur le ventre, elle tripote le sable avec bonheur.

Le bilan de la journée est neutre. C'est pas mal. Je craignais pire, me voilà soulagée.

Sur le port, les organisateurs du salon sont en train de remballer. J'ai un peu l'impression d'être au boulot, les bruits sont semblables à ceux d'une fin de marché. Mes pensées se tournent vers Diane et, comme en écho, mon portable sonne. C'est elle, bien sûr, qui d'autre pour m'envoyer un message ?

« Comment s'est passée la rencontre avec tes parents ? »

Utilise-t-elle des rappels pour ne jamais rater son timing ? Encore une fois, sa bienveillance m'emplit d'amour. Je serais tellement incapable d'autant de soutien. Est-ce que je parviens à lui apporter autant qu'elle m'apporte ? J'en doute tant…

Nos échanges se poursuivent jusqu'à ce qu'Ilona décide qu'il est temps de rentrer à la maison. Elle est marrante, elle commence à se déplacer sur le ventre. Ce n'est pas encore un rampé efficace, mais ça la fait bouger pas mal tout de même. Elle n'est vraiment pas en retard dans son développement moteur. C'est sûrement complètement stupide, pourtant je suis fière de la voir évoluer ainsi. Ceci dit, elle aurait des soucis que je serais tout aussi fière, j'en suis persuadée. Mon amour pour elle existe sans aucune autre raison que notre lien mère-fille.

En est-il ainsi dans le cœur de ma propre maman ? Son comportement le laisse tellement peu penser. Qu'ai-je fait pour l'empêcher ainsi de m'aimer inconditionnellement ?

Il est déjà tard, nous allons rester ici ce soir. Ce n'est pas un endroit très agréable, sur le parking de la salle des fêtes, tant pis.

Ilona est très sereine. J'avais peur qu'elle ait besoin de décharger après cette journée stressante pour moi, mais il n'en est rien. Elle semble avoir apprécié les échanges avec ses grands-parents, tant mieux.

Le marché du jour est une belle réussite. J'ai vendu plus du double par rapport à d'habitude. Sans compter les vingt-deux sachets de tisane de Diane. Je vais bientôt être en rupture de stock. Ça tombe bien, elle doit venir dans deux jours, pour la fête de la musique. Ça sera sympa d'aller s'y balader ensemble. J'ai acheté un petit casque antibruit pour protéger les oreilles d'Ilona. J'espère que ça sera efficace, je n'ai pas envie d'abîmer son audition. De mon côté, je porte toujours des boules Quies pour ce type d'événements. Certains instruments de musique ont tendance à me faire mal lorsqu'ils sont joués trop fort. D'ailleurs, j'évite plutôt toutes ces sorties habituellement, c'est bien parce que Diane m'a invitée…

Nous avons rendez-vous à La Roche-sur-Yon, sur l'aire de camping-cars. La borne d'eau y est gratuite, c'est vraiment un bon plan. Nous y avons déjà stationné pour certains marchés et le coin est sympa. L'Yon passe juste à côté et il y a plein de ragondins à observer. La dernière fois, il y en avait même un tout blanc qui faisait sa toilette sous le pont. C'était tellement mignon de les voir farfouiller entre les cailloux.

En attendant, je profite d'un jour off pour fabriquer quelques bijoux. Mon stock de saule est enfin terminé de décortiquer. Ça m'a pris un temps fou, entre deux tétées et sessions de jeu avec Ilona. C'est bien la première année que j'y passe plus de deux semaines. En revanche, je suis ravie de la qualité. Le séchage à l'air libre s'est révélé tout aussi efficace que celui dans le garage de mes parents. Ça me rassure pour les années à venir : je me sens moins redevable ainsi. Toujours est-il que j'ai pris beaucoup de retard dans la conception de nouveaux modèles et que je dois absolument m'y remettre pour implémenter ma table de déballage. Ça commence à faire un peu vide.

J'ai reçu au relais du coin de nouvelles pierres magnifiques. Elles viennent toutes de Pétaouchnock et ça me désole. J'aimerais tellement travailler avec des roches françaises… Pourtant, sans l'aspect « lithothérapeutique » supposé, aurais-je autant de clients ? Pour ma part, je ne crois pas dans le pouvoir des pierres. Je pense qu'il ne s'agit que d'un effet placebo. Ce dernier a beau être puissant, il pourrait potentiellement l'être tout autant avec du local…

Fut un temps, j'avais regardé le matériel pour polir moi-même, sans être hors de prix, cela restait un gros investissement sans assurance de ventes derrière. Sans compter la place à prévoir dans mon camion de l'époque. Mais avec Beajer… ? L'idée me trotte de plus en plus dans la tête. Affaire à suivre !

13.

Vingt et un juin, je déteste cordialement cette date. Heureusement que Diane arrive bientôt. J'ai préparé une simple salade de quinoa pour le repas. Il fait beau et chaud, ça sera agréable et ça tiendra pas mal au corps.

Beajer est stationné à La Roche, comme convenu. Ce matin, nous sommes allées voir les ragondins avec Ilona. Un beau moment de partage. Chaque jour elle se montre plus éveillée, un rien l'étonne et l'enthousiasme. C'est un bonheur de grandir à ses côtés, car je grandis tout autant qu'elle…

Malgré tous ces beaux moments, je reste triste, c'est ainsi chaque année. Il est temps que mon amie arrive pour me changer les idées. Elle est comme d'habitude la femme qui tombe à pic. À peine pensé-je à elle que je la vois apparaître par la fenêtre de la cuisine. Bon, c'est vrai que je pense souvent à elle, pas trop de hasard là-dedans… Bref, je descends à sa rencontre, Ilona dans les bras. Une éternité me sépare de notre dernière rencontre et j'ai envie de me blottir dans ses bras, moi qui suis d'ordinaire si peu tactile.

— Bonjour, Solange.

Elle tient un paquet dans ses mains, qu'elle me tend.

— Joyeux anniversaire…

Je reste sans voix, comment a-t-elle su ? Je hais tellement cette date que je n'en parle en aucun cas. Ma réaction lui saute visiblement aux yeux, elle ajoute :

— C'était marqué sur les pièces que tu montres aux placiers.

— Oh…

— J'ai fait une bourde, j'ai l'impression ?

Aussitôt, les larmes me montent aux yeux.

— Viens t'asseoir, me dit-elle en m'emmenant dans le camping-car, à l'abri des regards indiscrets. Tu veux que je prenne soin d'Ilona ?

Elle ne me presse d'aucune question, pourtant je déballe tout de la mort de Jérôme et de ses conséquences sur ma vie. Jamais encore je n'avais pu exprimer de vive voix ces terribles blessures. Articuler tout ça se révèle aussi douloureux qu'apaisant.

Quand mon flot de paroles se tarit, elle pose sa main sur la mienne et ses lèvres sur ma joue, le temps d'un tendre baiser.

— Je suis désolée d'avoir réveillé toutes ces blessures. Veux-tu que ce cadeau soit simplement en l'honneur de notre amitié ?

— Oui, je préfère. Dans quelques années, peut-être, je pourrai fêter mon anniversaire… Je ne m'en sens pas encore prête.

D'un coup, je suis curieuse… Le paquet a été réalisé avec une étoffe et un ruban de biais. Cent pour cent zéro déchet. Je défais le nœud et découvre des jumelles.

— J'ai pensé que tu serais heureuse de pouvoir observer les oiseaux et compagnie.

— C'est une excellente idée, je l'adore ! Merci, Diane.

Je ne sais comment montrer ma joie. Ce présent est tellement à mon image… J'imagine déjà ce que je pourrai partager avec Ilona grâce à lui.

— Merci, répété-je bêtement.

— Avec plaisir. Merci à toi d'être dans ma vie.

♡

Le repas achevé, Diane se propose de prendre Ilona pour marcher jusqu'au centre-ville.

— Comme elle vient juste de téter, elle s'endormira peut-être contre moi ?

Je ne saurais en expliquer la raison, mais mon cœur se remplit de joie lorsque je vois ma fille dans ses bras. Elle sait maintenant installer l'écharpe sans mon aide. Si ses gestes sont un poil hésitants, le résultat se révèle nickel. D'ailleurs, Ilona n'a pas bougé. Elle se marre même de sa voix fluette. Je craque !

Le sac à langer sur l'épaule, je ferme Beajer et nous nous mettons en route. Diane glisse sa main dans la mienne. Je sursaute. Elle s'apprête à la retirer, ayant probablement ressenti ma gêne soudaine, pourtant mes doigts se referment autour des siens et elle me sourit.

— Je suis contente de partager cette fête de la musique avec vous deux.

— Moi aussi, réponds-je.

Les premières notes de musique nous parviennent, alors je sors le casque d'Ilona et l'installe sur ses oreilles. Malgré sa surprise, elle ne cherche pas à s'en défaire et cela me rassure. Mes propres boules Quies sont dans ma poche en cas de besoin. Tout est parfait.

Les organisateurs ont même prévu un endroit avec des activités adaptées aux enfants. C'est encore un peu tôt pour ma puce, cependant je note ça dans un coin de ma tête pour les années à venir. Nous flânons dans la ville, profitant des différents concerts plus ou moins longtemps selon notre humeur. C'est une belle journée, pleine de soleil et d'amitié.

— Je t'offre un verre ?

Nous nous installons à la terrasse d'un café, juste à côté d'un joueur de handpan[7]. C'est doux, vraiment agréable à écouter. L'endroit rêvé pour nous poser.

---

[7] Instrument de percussion.

Ilona dort profondément contre Diane, sa petite lèvre toute retroussée contre son sternum.

— Vous êtes trop mignonnes ! Je peux vous prendre en photo ?

Mon amie rit de bon cœur.

— Si tu veux.

Nous parlons de tout et de rien. Surtout de rien, d'ailleurs. Est-ce la présence d'Ilona ou le fait que nous vieillissons indubitablement ? Aucun lourdaud ne cherche à nous draguer, et c'est tant mieux.

Après la sieste de ma fille, nous décidons de reprendre notre marche dans la ville. Rock, fanfare, électro… Tout y passe. Lorsque la faim se fait sentir, nous achetons quelques frites pour prolonger encore cette journée. Rentrer au camping-car, c'est synonyme de nous séparer et je crois que nous n'en avons envie ni l'une ni l'autre.

À plusieurs reprises, Diane saisit ma main. Est-ce par pure amitié ou existe-t-il une chance que mon amour pour elle soit réciproque ? Je sais qu'elle a été mariée avec un homme, mais cela ne signifie pas qu'elle rejette les femmes pour autant. Et si elle était aussi pansexuelle que moi ? Ou bi ? Impossible toutefois d'oser poser la question frontalement. Même s'il n'y a aucun risque de perdre son amitié (je la sais bien trop ouverte pour ça), une telle révélation casserait à coup sûr notre belle relation, y distillant une gêne inévitable. Comment passer outre une attirance unilatérale ? Le genre n'a rien à voir là-dedans…

Lorsque nous rejoignons Beajer, l'horloge frôle les minuit.

— Tu es sûre que tu ne veux pas rester dormir ? Tu ne risques pas d'avoir un coup de barre sur la route ?

— Non, rassure-toi, j'ai un très bon livre audio en cours, ça va me tenir éveillée. Je commence tôt et je ne suis pas du matin, à la base. Ça serait encore plus difficile pour moi demain.

— Tu te connais, si tu penses que c'est mieux…

Ma déception doit être palpable.

— Bonne nuit, Solange. On se revoit vite ?

— Y'a intérêt !

La porte se referme, me laissant seule avec une Ilona bien active malgré l'heure tardive. Nous ne travaillons pas demain, heureusement. La journée s'annonce cependant bien remplie : laverie et courses sont au programme, sans compter quelques créations de bijoux. Bref, il est temps de filer au lit en croisant les doigts pour que ma petite madame s'endorme vite.

♡

Les aires de camping-car se remplissent à mesure que les jours allongent et que file l'été. La sauvage en moi rouspète. Je parviens toutefois à placer sur mon visage un sourire affable. Depuis qu'Ilona s'est greffée à ma vie, je socialise plus que de raison. Non par choix, mais parce qu'elle attire les gens comme des mouches avec son joli minois et ses sourires à tomber. Ma vie est pleine de contradictions : alors que je souhaiterais fuir au maximum les autres humains, j'y suis sans arrêt confrontée. Parfois je me prends à rêver que mon site Internet suffit à payer mes factures. Plus besoin de courir les marchés et de parler pour me vendre. Le pied ! En même temps, je suis bien consciente que ma fille aura besoin du contact de ses congénères. Elle est encore petite, certes, pourtant le temps passe vite, très vite. Du coup, j'ai cherché un nouveau groupe de réunion autour de l'allaitement dans mon secteur actuel, histoire de m'astreindre à un minimum de rencontres hors boulot. Je vais me forcer à en dégoter partout sur mon passage et à m'y rendre une fois par mois. C'est un bon début, je suis plutôt fière de ma résolution.

L'animatrice a répondu à mon courriel rapidement, et pour cause, la prochaine date est dans trois jours. C'est en début d'après-midi, il faudra que je remballe en vitesse pour être à l'heure. Je vais devoir garer Beajer assez loin pour repartir avant l'ouverture à la circulation. Il ne faudra pas de pluie, sinon je galérerai trop à trimballer mon parasol.

♡

Devinez quoi ? Il pleut des chiens et des chats, comme le disent si bien les Anglais. Météo France n'étant pas optimiste et mon compte en banque pas trop à plaindre, j'ai décidé de sécher. Ben ouaip, il flotte et moi, je reste au sec. Ah, ah… Je me fais des jeux de mots à moi-même ! Purée, je suis pitoyable parfois, sérieux ! Heureusement que personne n'entend ni ne lit mes pensées, trop la honte…

Bref, Ilona et moi restons tranquillou dans le petit chemin dégoté hier soir. Le bruit des gouttes de pluie sur le toit de Beajer m'apporte une telle sérénité que je n'ai pas envie de bouger de la capucine. Ma fille doit tenir de moi, car elle dort comme une bienheureuse malgré l'heure tardive. Elle s'est installée sur le ventre, bras et genoux repliés sous elle, les fesses en l'air. Cette position est tordante !

Je profite qu'elle ne squatte aucune partie de mon corps pour l'imiter, enfin presque, puisque j'étends mes jambes avec délice. Au lieu de bosser, comme ma conscience le voudrait, je ferme les yeux et me rendors doucement.

Malgré mon smartphone utilisé comme GPS, je galère quelques minutes avant de trouver l'adresse de la réunion pour l'allaitement. Ensuite, la galère continue : il s'agit maintenant de dégoter une place suffisamment grande pour garer Beajer. Je commence à regretter d'avoir voulu venir. Après avoir pleuré une bonne partie du trajet, Ilona s'est endormie juste comme nous arrivions. Nous sommes déjà en retard de quelques minutes aussi je décide de risquer une sortie dans le cosy. Elle a tendance à se réveiller aussi sec, mais ça vaut le coup de tenter l'expérience. Peine perdue, à peine décrochée du camping-car, je la vois ouvrir un œil. Misère ! Et me voilà au beau milieu de la rue, sous une bruine fine, en train d'essayer de la rendormir à coups de tétée, en direct de sa coque. Que dalle, après avoir pris sa dose, elle se met à babiller joyeusement. Allons bon, je ne vais pas me trimballer ce truc anti-ergonomique au possible pour rien.

En quelques minutes, j'ai troqué le siège-auto pour le sling et, sac à langer sur l'épaule, je me dirige vers la salle où se déroule la réunion. J'y découvre trois mamans en plus de l'animatrice et, ô miracle, un papa. L'échange formel n'a pas encore commencé. Je prends place et remplis une feuille d'émargement. Une autre femme arrive après moi, accompagnée d'un bambin et d'une petite fille d'au moins cinq ans. Je m'étonne qu'elle ne soit pas à l'école : nous sommes vendredi. J'espère qu'elle n'est pas pleine de microbes, j'ai aucune envie qu'Ilona chope la crève. Je conçois que les maladies aident à construire l'immunité, mais ça ne me dit rien du tout. Elle a jusqu'ici réussi à passer au travers des épidémies à la noix et j'ai bien envie que ça dure… Suis-je bête, réalisé-je soudain ! Malgré le temps pourri, nous sommes en plein mois de juillet, tu m'étonnes qu'elle ne soit pas à l'école, cette petite !

— On peut commencer par un tour de table, il y a beaucoup de nouvelles têtes aujourd'hui. On prend le sens des aiguilles d'une montre ?

La première personne se présente. Ses paroles ne parviennent pas jusqu'à mon cerveau, trop occupé qu'il est à tenter de préparer mon intervention. Je dois passer juste après et je déteste tellement ce type d'exercice de socialisation… Arf, c'est mon tour…

— Bonjour, je suis Solange, la maman d'Ilona qui aura neuf mois dans un peu plus d'une semaine. Elle est allaitée, bien sûr, et nous sommes nomades.

Mon petit speech entraîne quelques « oh » curieux, puis c'est au tour de la suivante, ouf.

Mon cerveau reste dans le brouillard le temps de son intervention, puis raccroche enfin les wagons lorsque l'homme prend la parole :

— Je suis Denis, le papa de Siméon. Avec ma compagne Lucile, nous avons choisi naturellement l'allaitement, mais nous aimerions avoir quelques conseils pour tire-allaiter. Lucile reprend le travail dans trois semaines et je resterai à la maison pour m'occuper du bébé.

— Quel âge a Siméon ?

— Deux mois.

— Mélodie pourra te parler de son expérience, tu travaillais encore quand Sarah était bébé et c'est l'assistante maternelle qui donnait ton lait, n'est-ce pas ?

La dernière arrivée hoche vivement la tête.

— Oui, j'ai arrêté le travail à la rentrée dernière, quand nous avons choisi de faire l'école à la maison pour Sarah.

« L'école à la maison ». Tiens donc, ce n'est pas la première fois que j'entends ce terme, sans avoir creusé le truc. De temps en temps, je flippe à l'idée de devoir me poser pour scolariser Ilona. Trois ans, ça arrivera vite. Dans ma tête, il faut des conditions méga spéciales pour se passer d'école. Genre un enfant acteur, champion de sport, ou des parents qui font le tour du monde…

Mes pensées sont stoppées, nous passons au thème du jour : la diversification du bébé allaité.

L'animatrice me propose de raconter notre récente expérience.

— Avec Ilona, nous avons opté pour la diversification menée par l'enfant : je ne fais pas de purée et je la laisse attraper la nourriture et la mettre en bouche. Ça se passe bien hormis le bazar monumental que ça implique.

J'arrive à obtenir quelques rires avec ma sortie. C'est vrai que c'est la misère pour Beajer, cette approche. J'ai fabriqué une chaise haute qui se fixe sur la banquette et j'ai dû acheter une nappe plastifiée pour protéger mes tissus. Malgré ça, je passe un temps fou à nettoyer après chaque repas. Par contre, Madame s'éclate, ça ne fait aucun doute. Elle mange un peu de tout, en quantités variables selon les jours et les repas. C'est salissant, mais plutôt cool.

Chacune y va de sa petite expérience, puis les conversations se font moins formelles et j'en profite pour interroger Mélodie au sujet de l'école à la maison. J'apprends ainsi qu'il est tout à fait légal de se passer de l'école.

— Nous avons une visite de la mairie tous les deux ans et le contrôle d'un inspecteur de l'Éducation nationale chaque année. Ils doivent vérifier qu'une instruction est bien donnée à l'enfant.

Voilà une information que je garde dans un coin de ma tête. Je ne me sens pas encore prête à approfondir la question, pourtant je suis contente de connaître cette option.

14.

Ça y est, Ilona se lève toute seule. Elle passe maintenant son temps à réaliser des squats pour entraîner cette nouvelle acquisition. Elle pousse des petits cris adorables en s'exécutant, un peu à la manière des tenniswomen. C'est tellement *cute*. Berdol, qu'est-ce que je l'aime, c'est dingue !

Août s'éloigne et, tout doucement, nous nous engageons vers septembre. Elle aura bientôt dix mois. Dix mois ! Elle a passé plus de temps hors de mon ventre qu'à l'intérieur. Cette pensée me plonge dans une étrange mélancolie. Depuis son arrivée dans ma vie, nous avons connu tellement de premières fois… Il en reste encore des tonnes à vivre, heureusement.

Après la Vendée, nous avons tourné dans le Morbihan. Les vacanciers sont assez nombreux en Bretagne cette année. La peur de la canicule a eu un bel effet pour cette région. Du coup, je vends plutôt bien et les tisanes de Diane ont la cote aussi, surtout la spéciale « Tisane glacée » et la « Frappée des bois ».

Maintenant, nous remontons vers les Côtes-d'Armor pour terminer l'été. Tous ces nids à touristes sont parfaits pour les marchés, mais terribles pour les camping-cars. Nous avons souvent du mal à trouver des coins sympas et finissons dans des aires dédiées, tassés comme des lapins en cage. J'ai hâte de retrouver un peu plus de liberté et de tranquillité. Il me tarde que l'automne arrive, juste pour cette raison, et tant pis pour la flotte !

Ce midi, Diane viendra nous rejoindre du côté de Lannion avec un nouveau stock d'infusions puisque nous sommes en rupture. J'ai hâte qu'elle arrive. En l'attendant, Ilona et moi préparons le repas. Enfin, pour être plus précise, ma fille boulotte quelques tranches de fruits pendant que je cuisine. Je crois qu'elle est assez gourmande et manger la tient à la fois occupée et calme, plutôt pratique. J'avoue utiliser l'astuce probablement plus souvent qu'il ne le faudrait…

— Coucou !

Diane apparaît dans l'embrasure de la porte.

— Comment vont mes deux femmes préférées ?

— Affamées, réponds-je.

Je suis un peu agacée, car elle a trois quarts d'heure de retard et ne m'a envoyé aucun message d'excuse. Ce n'est pas son genre, elle est habituellement si prévenante. Les imprévus me stressent, même lorsqu'il s'agit d'un simple rendez-vous avec une amie.

— Je suis navrée d'arriver si tard, un contretemps… J'espère que tu ne t'es pas trop inquiétée.

— Un peu quand même…

— J'aurais dû te prévenir, mais j'étais trop perdue dans mes pensées.

Son beau sourire se fissure et je la sens au bord des larmes. Aussitôt, mon irritation s'envole.

— Eh, Diane…

Je m'approche, hésite un instant, puis la prends dans mes bras. Elle s'y effondre, en larmes. Je ne sais plus quoi faire. Je reste d'abord immobile, tendue comme un élastique prêt à se rompre, puis ma main droite se met à caresser mécaniquement son dos. J'espère réagir de façon appropriée.

— Oh pardon, Solange… C'est tellement idiot. Tout ça remonte à si longtemps, je ne pensais pas réagir aussi vivement.

Dois-je intervenir davantage ? Parler peut-être ? Je n'en ai pas le temps qu'elle poursuit bientôt :

— C'est ici que nous étions parties en vacances lorsque j'étais adolescente, avec Fanny. Nous étions si proches toutes les deux, inséparables…

Elle se tait. Je repense à la photo chez Diane.

— C'est la jeune fille du cadre ?, ne puis-je m'empêcher de demander.

— Dans mon appart ? Oui… Nous avions dix-sept ans, nous aurions dû avoir la vie devant nous. La voiture de ses parents a été prise dans un carambolage sur la route du retour, elle est morte tandis que les pompiers la transféraient à l'hôpital. Pour venir ici, je suis passée par la nationale où l'accident a eu lieu. J'ai ressenti le besoin de m'arrêter. Je n'arrivais pas à pleurer. Je sais que tu me comprends, tu as vécu la même chose avec ton frère. Est-ce la raison de notre si grande proximité ? Ces deux tragédies si semblables ?

Je savais bien qu'un secret se cachait dans cette photo. Ainsi Diane a également vécu un deuil. Et dire que j'enrageais de son retard, pleine d'égoïsme et tellement égocentrique. J'ai honte de moi…

Elle s'écarte en reniflant.

— Merci de t'être confiée à moi, parvins-je à articuler.

Un triste sourire apparaît sur ses lèvres. Un sourire asymétrique qui ne relève que le coin droit de sa bouche.

— Elle te ressemblait tellement…

Je fronce les sourcils, cherchant à me remémorer le visage de Fanny sur la photo. Je n'ai pas souvenir d'une quelconque similitude entre elle et moi.

— Elle était pleine de mystères et de non-dits, elle aussi. Elle savait tout faire, s'intéressait à mille et un sujets. Elle riait même de mes blagues pourries. Tu vois, comme toi… Nous nous sommes tellement aimées…

La dernière phrase est sortie dans un souffle, presque murmurée. L'ai-je réellement entendue ou n'est-ce qu'un fantasme ?

♡

Nous sommes restées un long moment silencieuses. C'est Ilona qui a finalement rompu cet instant suspendu en se mettant à pleurer.

— Là, mon chaton. J'arrive.

Je l'ai attrapée avec une grande tendresse, pleine d'une émotion multiple. Elle a cherché mon sein de sa bouche et de ses mains. J'ai soulevé mon tee-shirt pour le lui proposer avant de relever les yeux. Mon regard a croisé celui de Diane et s'y est accroché, lui qui apprécie si peu de se dévoiler ainsi…

— Nous avions 17 ans, a repris mon amie. Fortes d'une belle insouciance, nous avions passé la semaine à batifoler sur la plage et les sentiers douaniers. Nous avions échangé nos premiers baisers, aussi.

Elle a parlé vite, très vite. Comme si elle avait peur de s'arrêter et qu'il lui fallait accélérer son débit pour oser aller au bout de son récit.

— Notre amour était complet. Amies, amantes, nous étions tout. Je… Ta présence à mes côtés m'évoque tant Fanny.

Elle rougit, s'apprête à reprendre la parole, bredouille…

— Enfin, tu es unique, Solange, très différente… Mais… Je me sens ridicule, là… Aide-moi !

Elle attend quelque chose de moi et c'est terrible, car je n'y arrive pas. Mon cerveau bugge totalement.

— Je… je suis désolée, je t'indispose avec mes propos, je n'aurais pas dû.

Les joues brouillées de larmes, elle se détourne et quitte le camping-car sans un mot de plus.

Eh merde ! Quelle truffe je fais. Mes désirs les plus inavoués se réalisent : Diane est amoureuse de moi ! Et qu'est-ce que je fais au lieu de lui sauter dans les bras ? Je reste plantée comme une nouille, incapable du moindre mouvement ! Je m'autoénerve…

Lorsque je parviens enfin à bouger et me rue hors de Beajer, Diane a disparu.

Berdol ! Que faire ? Je suis habituellement plus dégourdie quand même…

Il faut que je trouve mon smartphone. Qu'est-ce que j'en ai encore fichu ? Pas sur la table ni sur les plans de travail. Ah, là, dans la salle d'eau… Je me demande bien pourquoi je l'ai mis ici, c'est n'importe quoi !

Un texto ? Un appel ? J'ai tellement horreur des conversations téléphoniques et pourtant, c'est une situation d'urgence aujourd'hui.

Ça sonne, une fois, deux fois… C'est trop long. Flûte, répondeur. La voix enjouée sur l'enregistrement m'émeut aux larmes. Elle doit être au volant, sans quoi elle aurait décroché. J'espère qu'elle ne va prendre aucun risque. Une sourde angoisse m'étreint, ridicule, sûrement. Pourtant, la maxime « jamais deux sans trois » tourne en boucle dans ma tête. Allons, elle n'aura pas d'accident, il n'y a absolument aucune raison.

— Diane, c'est moi, Solange. Je… je voudrais que tu reviennes. Si tu savais comme je suis heureuse de tout ce que tu m'as confié tout à l'heure. Je n'osais rien te dire, mais je t'aime si fort ! Tu as changé notre vie, à Ilona et moi. Je pensais ne jamais tomber amoureuse et toi, tu as déboulé avec ton sourire, ta bonne humeur, ton humour, ta vision du monde, ta tolérance… J'aime chaque parcelle de ton âme et je voudrais pouvoir te dire tout ça en direct. Je ne sais pas si je saurai… Je… tu me connais maintenant, je suis la maladresse incarnée… mais je t'aime, de tout mon cœur ! Reviens vite, s'il te plaît.

Je raccroche.

C'était probablement la déclaration d'amour la plus moisie de toute l'humanité.

Il ne reste plus qu'à patienter.

Ilona doit ressentir ma grande anxiété, je la sens nerveuse. Elle joue avec mon sein, tétouillant quelques instants, puis relâchant. Parfois, ses deux petites dents me mordent un peu, ce qui est rarissime. Comment vais-je survivre à cette attente ?

♡

Ça fait un quart d'heure et je n'ai toujours aucune nouvelle. Heureusement, je viens de rater un caca d'Ilona. C'est la misère, il y en a partout, ça va m'occuper l'esprit et les mains pendant dix bonnes minutes. Nickel.

Ouais, je me réjouis d'être dans la mouise jusqu'aux coudes, ça dérange quelqu'un peut-être ?

♡

Trente-trois minutes, pour être précise. C'est long, trop long. Ilona est toujours sur les nerfs. Il faudrait que je parte en balade. Pourtant j'ai peur de rater le retour de Diane. Car elle va revenir, c'est obligé.

Une heure et toujours pas de réponse. Cette fois-ci, pas le choix, si je ne marche pas un minimum, ma fille va imploser. Je l'installe tant bien que mal dans l'écharpe tandis qu'elle se tortille nerveusement.

— Ça va aller, ma puce.

Je dis ça sans aucune conviction, c'est naze. Sachant qu'à son âge, elle comprend probablement mieux mes ressentis que mes mots… En fait, je cherche plus à me rassurer moi-même. Je garde mon téléphone dans la main, prête à sauter sur le bouton vert en cas d'appel.

Le paysage autour de moi est magnifique : le parc où je suis garée longe le Léguer, le fleuve qui traverse la ville de Lannion, pourtant je ne vois plus rien. Pas même ma fille qui vocalise contre moi. Il faut que je parvienne à me calmer. Ma réaction est stupide, je ne vois pas comment la situation ne pourrait pas s'arranger, ce n'est qu'un fâcheux malentendu. Dès que Diane écoutera mon message, tout rentrera dans l'ordre.

Alors pourquoi ma gorge reste-t-elle serrée ? Pourquoi ce mauvais pressentiment ? Allons bon, me voilà contaminée par mes clients en plein délire mystique : je confonds superstition et prédiction. Il faut que j'agisse à nouveau !

Tout en marchant avec un mouvement de ressort pour apaiser Ilona, je déverrouille mon smartphone et tente un nouvel appel. Cinq sonneries passent puis le répondeur se déclenche à nouveau.

— Merde !

La mort dans l'âme, je tente un SMS, peut-être un poil drama : « Écoute ton répondeur, je t'en conjure ! ». Oui, le verbe « conjurer », impossible d'expliquer pourquoi, c'est le seul terme qui me soit venu en tête. Je suis au bord de l'explosion, comme si j'étais appelée de toutes parts et que je ne parvenais pas à répondre aux sollicitations.

Allez, il faut que je me reprenne. Cette crise de panique n'a aucune raison d'être. Je ferme les yeux quelques instants et tente une série de respirations abdominales profondes. Peine perdue, à part une hyperventilation qui me fait tourner la tête, je ne gagne rien. En revanche, ça semble rendre le sourire à Ilona, qui se marre comme une tordue avec des petits cris adorables. Mes neurones miroir se mettent aussitôt en route, et je retrouve un semblant de bonne humeur. C'est timide, mais c'est un bon début.

— Merci, ma puce. Dans quelques jours, je rirai de cet accès de stress, j'en suis sûre.

L'après-midi touche à sa fin et je reste sans nouvelle de mon amie.

Diane, berdol, que fais-tu ? La mort dans l'âme, je tente de laisser un nouveau message vocal.

— C'est encore moi. Je suis désolée de te harceler… Je suis hyper inquiète. J'espère que tu vas bien. Rappelle-moi… ou laisse-moi un SMS. Si tu ne veux plus entendre parler de moi, je comprendrai, mais je veux juste être sûre que tu vas bien.

Malgré mon manque d'appétit, je prépare le repas du soir. Ilona n'a pas à pâtir de mes états d'âme. Elle n'a toujours pas dormi et je galère à cuisiner avec le mode ronchonchon activé. Quand nous passons enfin à table, elle se calme, trop contente d'avoir quelques bricoles à tripoter. Je ne me suis pas foulée : pâtes de sarrasin et courgettes vapeur. Elle a cependant l'air contente, c'est ce qui compte.

De mon côté, je picore sans grande conviction jusqu'à ce que j'aperçoive le premier signe de fatigue sur le visage de ma fille. Aussitôt, je saute sur l'occasion : un rapide passage sous l'eau pour la débarbouiller après son repas, puis nous filons au lit. Tant pis s'il fait encore jour et que la soirée ne fait que commencer. Il faut absolument qu'elle se repose. Une fois dans la capucine, elle prend le sein trois minutes à peine avant de sombrer. Je suis rassurée de la voir enfin endormie. De mon côté, saurai-je l'imiter ?

♡

C'est la sonnerie du téléphone qui me tire de mon sommeil. Réveillée en sursaut, je me rue sur le smartphone et décroche sans prendre le temps de lire le numéro.

— Allô ?

— Gendarmerie nationale de Saint-Méen-le-Grand, je souhaiterais parler à mademoiselle Solange Dubuisson.

Mon cœur s'arrête l'espace d'une seconde et une sueur froide m'envahit. C'est pour Diane, j'en suis persuadée…

15.

Je chavire, la peur m'étreint en entendant les propos de cette femme.

— C'est moi.

— Connaissez-vous mademoiselle Diane Launey ?

— Oui, je… c'est une amie. Une excellente amie.

— Avez-vous eu un contact récent avec elle ?

— Je… oui, hier, un peu avant midi, mais je n'arrive plus à la joindre depuis. Je suis terriblement inquiète. Que se passe-t-il ?

— Aucune raison de s'alarmer pour le moment. Nous avons retrouvé sa voiture suite à une arrestation. Il s'agit d'un vol avec fracturation, aucun contact physique *a priori*. Son téléphone portable était dans le véhicule et vous êtes la dernière personne dans le journal des appels.

— Mais où est-elle ?

— Nous ne savons pas, c'est pourquoi nous menons l'enquête. Avez-vous une idée de l'endroit où elle aurait pu se rendre ?

— Non, je… J'imagine qu'elle rentrait chez elle… Ah moins que…

Je tente de me mettre à la place de Diane. Je la connais bien, maintenant. J'imagine que je viens de me faire refouler par mon crush du moment…

— J'ai une idée ! Sans garantie, mais c'est plausible.

— Dites toujours.

La voix est compréhensive. Si elle a écouté mon message, elle doit savoir quelles sont nos relations. Est-ce positif ou cela fait-il de moi l'ennemi numéro un en cas de réelle disparition ?

Je me raisonne. Diane n'a pas disparu, on a juste volé sa voiture et son téléphone et cela explique son absence de réponse.

— Il est possible qu'elle soit allée en forêt de Brocéliande, du côté de Paimpont. Elle avait obtenu une autorisation de cueillette pour son activité professionnelle. C'est un lieu qu'elle adore et nous devions y aller ensemble cette semaine. Je pense qu'elle aurait pu avoir besoin d'y partir seule, pour réfléchir et s'occuper en même temps.

— Merci pour votre aide, nous allons contacter la gendarmerie de Paimpont. Pourriez-vous rester disponible en cas de besoin ?

— Oui… oui, bien sûr !

La gendarme a raccroché et je demeure immobile dans le lit, incapable du moindre mouvement. Ilona n'a pas bougé malgré l'échange à voix haute. Elle doit être crevée après une journée presque sans sieste. Que faire maintenant ? Un coup d'œil au smartphone m'indique qu'il est sept heures trente. Trop tard pour me rendormir et je ne travaille que ce soir pour le marché nocturne de Plestin-les-Grèves.

Bon, je vais commencer par me laver et m'habiller, ce sera un bon début. Mes gestes sont mécaniques, brusques. Toutes mes pensées sont tournées vers Diane. J'espère que la gendarme n'a rien caché et que le vol de sa voiture a effectivement eu lieu sans violence physique. Je n'ai pas eu l'idée de poser davantage de questions, trop anesthésiée par la situation. Maintenant, je m'en veux. Est-ce que je dois me rendre à Paimpol ? Si elle n'y est pas, ce serait une perte de temps. Mon intuition n'est peut-être pas bonne.

Machinalement, je prépare un petit déjeuner, profitant du repos d'Ilona. Je mange sans aucun appétit et c'est quand je suis les mains sous l'eau, en pleine vaisselle, que mon téléphone sonne à nouveau. Après avoir sursauté comme une nouille, je me sèche en vitesse les mains et décroche. C'est un numéro inconnu.

— Oui ?

Ma voix tremble légèrement, pleine d'inquiétude.

— Solange ?

C'est elle !

— Diane ! Tu vas bien ? Tu es où ?

— Tout va bien, j'ai juste passé une nuit de merde, elle rit. Je suis à la gendarmerie de Paimpont. Il paraît que c'est toi qui m'as retrouvée !

— Mon hypothèse était correcte alors ?

— On dirait…

— Et la récolte a été bonne ?

— Pas terrible en plus ! Dis, ma voiture est bloquée, tu pourrais venir me chercher ?

— Bien sûr. On se prépare et on arrive. Mappy indique deux heures et quart (je le sais, j'ai vérifié tout à l'heure quand j'hésitais à m'y rendre illico). Tu as de quoi t'occuper ?

— Rien de rien, mais ça ira. Je te préviens, j'ai une tête de déterrée.

— Je m'en remettrai !, réponds-je en riant. À tout à l'heure. Je t'aime, ajouté-je dans un murmure gêné.

Je raccroche avec un sourire niais.

Allez, go ! Je range rapidement Beajer en attendant le réveil d'Ilona. Rien à faire, elle reste profondément assoupie. Pour une fois, je ne respecte pas son rythme et vais gentiment la prendre dans mes bras. Elle s'étire longuement.

— On a retrouvé Diane, ma puce.

Elle m'adresse une mine réjouie, comme si elle comprenait vraiment mes propos.

— On va la rejoindre ?

♡

La route se révèle un enfer : Ilona s'agace vite d'être attachée alors qu'elle préférerait gambader. Tout ce qui traîne sous ma main y passe, disque à zone bleue inclus, mais elle se désintéresse en un temps record de chaque objet. Tant pis, rien ne peut entacher ma joie d'aller chercher Diane.

Ma fille s'endort enfin juste comme nous arrivons à Paimpont… Ilona est un complot à elle toute seule !

Rapidement, je suis en vue du bâtiment austère de la gendarmerie. Par chance, les places devant sont libres et je n'ai pas à réaliser un créneau avec Beajer. À peine garée, mon amie apparaît. Je me dépêche de descendre de mon camping-car et cours à sa rencontre. Une fraction de seconde à peine, j'hésite ; celle d'après, je suis dans ses bras. Irrésistiblement attirées, mes lèvres se déposent sur les siennes pour un chaste baiser. Chaste, il ne le reste pas longtemps. Après un sursaut de surprise, Diane répond à mon embrassade avec une fougue qui ne laisse aucun doute sur son désir pour moi. J'en frémis. Je m'éloigne à regret, toute chamboulée.

— Je t'invite à prendre un verre chez moi ?

— Avec plaisir, il commence à bruiner, nous serons mieux à l'intérieur. Ilona dort ?

J'acquiesce d'un signe de tête avant d'ouvrir mon carrosse pour laisser rentrer ma princesse.

— J'ai d'excellentes tisanes, si cela te tente…

— Oh, vraiment ?, s'amuse-t-elle.

— Bon, alors, tu me racontes tout ?

— Hier, j'ai paniqué… Te révéler que je n'ai jamais été hétéro, ça m'a fait flipper et j'ai fui quand j'ai cru que tu me rejetais.

— J'étais juste trop émue pour réagir…

— Oui, je le sais maintenant. Ma réaction était complètement ridicule. Bref, ce qui est fait étant fait… J'ai repris la route sans trop savoir où aller. J'ai d'abord voulu rentrer chez moi, mais je n'avais aucune envie de retrouver mon appartement minable et ma vie pourrie. Alors je suis allée en forêt de Brocéliande. Je pensais dormir dans ma voiture et faire ma cueillette le lendemain. En attendant, j'avais besoin de marcher seule. Je me suis garée sur un petit parking bien paumé et le hasard a voulu qu'un dangereux criminel ait choisi le même lieu pour changer de voiture. Tu vois le bol que j'ai, franchement ? Il pensait à quoi ce type en allant dans un coin pareil ? Enfin tout ça, je ne l'ai su que bien plus tard. Je me suis promenée longtemps, j'avais fait exprès de laisser mon téléphone et de ne pas le consulter, j'avais trop peur de ce que je pourrais lire ou écouter. J'ai pique-niqué, marché encore, puis j'ai laissé la nuit tomber. Sauf que quand j'ai voulu rentrer pour me coucher, ma voiture avait disparu et je n'avais aucun moyen d'appeler qui que ce soit. J'ai erré pendant des plombes avant de trouver enfin des maisons. J'ai même fait flipper un pauvre monsieur âgé qui n'a pas osé ouvrir ! Il faut dire qu'il devait être, je sais pas… trois ou quatre heures du mat'. J'étais claquée, j'avais méga faim et froid, c'était la misère. J'ai fini par m'assoupir contre un arbre. Quand le jour s'est levé, j'ai trouvé une route que j'ai suivie dans l'espoir de faire du stop. Ça a pris du temps avant que quelqu'un passe puis ose s'arrêter. Je devais faire peur… C'est un jeune homme qui m'a emmenée jusqu'à la gendarmerie de Paimpont. Là-bas, ils venaient de recevoir un appel de Saint-Méen-le-Grand à propos de ma voiture. Apparemment, je l'ai échappé belle, le type était sacrément dangereux. Ça, c'est la bonne nouvelle. La mauvaise, c'est que ma voiture est foutue. De ce que j'ai compris, il y a eu une course-poursuite et elle n'a pas survécu.

Je suis scotchée.

— C'est pire qu'un film, ton histoire !

— T'as vu ça ! Mais il faudrait quand même que je me rende à Saint-Méen pour récupérer mes affaires et signer tout un tas de papiers. Tu pourrais m'emmener ?

— Bien sûr ! On termine notre infusion et on file, si ça te va.

Comme je me lève pour apporter les tasses, elle attrape ma main et me fixe avec ferveur.

— Merci. Merci d'être venue.

Je me penche et dépose un deuxième baiser sur sa bouche.

— Je t'aime, Diane, de tout mon cœur. Que tu puisses m'aimer en retour, c'était inespéré.

Nos lèvres se joignent à nouveau, un peu plus longuement. Enfin, jusqu'à ce qu'Ilona bouge dans son siège-auto. Je bondis à l'avant et dégaine le sein pour tenter de la rendormir. Il ne manquerait plus qu'elle se réveille au moment de reprendre la route !

♡

Trois quarts d'heure plus tard, nous arrivons en vue de la gendarmerie de Saint-Méen-le-Grand. Très originales, mes visites du jour, la prochaine fois, on tentera plus romantique…

— J'y vais toute seule, Ilona a besoin de toi.

C'est vrai qu'elle pleure depuis quelques kilomètres.

— J'espère que ça ne durera pas trois plombes. Je préférerais profiter de toi.

— Qui sait, il y a peut-être une belle gardienne de la paix qui t'attend derrière ces murs…, ne puis-je m'empêcher de glisser avec un sourire espiègle.

— Mmmm, j'adore les uniformes, rétorque Diane en riant de bon cœur.

— Je le note…

Elle s'éloigne après une tendre caresse à Ilona. Et moi, alors ?!

Bon, qu'allons-nous faire en attendant ?

Il ne pleut plus et il y a un stade à proximité, aussi j'opte pour une petite balade en écharpe. Ma fille semble ravie de cette option. Après quelques minutes de marche, nous nous installons dans l'herbe, à côté d'une piste de course. C'est un poil humide, il faudra changer de vêtements en rentrant. Ma puce s'éclate pourtant comme une petite folle à tripoter herbes et trèfles. Elle se déplace, mi-rampant, mi-quatre pattes, secouant son postérieur avec gaieté.

La mienne, de gaieté, est dégoulinante. Je me sens comme dans un joyeux brouillard. C'est une sensation délicieuse. Le temps passe vite. Tous ces trajets sont chronophages et le marché nocturne ne sera pas pour aujourd'hui, tant pis ma foi. Je préfère mille fois être ici avec Ilona… et Diane, bien sûr. Je suis telle une ado : amoureuse pour la première fois !

Le téléphone sonne et me tire de ma rêverie. Il est presque dix-neuf heures.

— Solange, ça y est, je suis sortie. Tu veux que je vous rejoigne quelque part ?

— Oui, je veux bien, nous sommes au stade pour le moment. Je t'invite à manger en ville, si ça te dit !

— Je te rappelle que j'ai passé la nuit à errer dans mes vêtements, je suis sale comme un peigne.

— M'en fous, j'ai faim et j'ai envie de partager un resto avec Ilona et toi. J'ai repéré un indien pas trop loin. Ça te dit ?

— Je veux bien. Mon assurance va me prêter une voiture, mais il faudra aller à Dinan ou Rennes pour la récupérer. Tu pourrais m'emmener demain ? Ça va te faire rater beaucoup de marchés…

— T'inquiète, on en discute tout à l'heure ?

— Oui, j'arrive, Solange.

♡

Après un repas copieux dans le petit restaurant, nous rentrons à pied jusqu'au camping-car que je gare un peu plus loin pour la nuit. Pas très envie de dormir à côté de la gendarmerie, bizarrement.

— Tu veux prendre une douche ?

— Avec plaisir ! J'ai récupéré quelques affaires dans ma voiture, je vais pouvoir me changer. Heureusement, car je ne risque pas de rentrer dans ton trente-huit !

— Après, tu n'es pas obligée de t'habiller, rétorqué-je avec un sourire gourmand.

— Oh, I'm shocked !, s'insurge faussement mon amie.

— Allez zou, à la douche, il paraît que tu pues ! À poil tout de suite et balance tes vêtements, je vais faire une tournée de linge. Je suis chaude !

Elle rit à ma blague pourtant bien naze et, quelques minutes plus tard, son bras apparaît dans l'embrasure de la porte pour laisser tomber au sol un petit tas d'habits. Ilona étant en train de jouer tranquillement, j'ai mes deux mains de libres pour nettoyer la tenue de Diane.

Faire tourner une lessive, chez moi, c'est vraiment au sens strict. J'adore mon essoreuse à salade géante, elle me dépanne si souvent !

Pendant que ça pose avant le rinçage, je lance une infusion. Je suis tellement fan des préparations de Diane… J'ai l'esprit plein de smileys à cœur, c'est ridicule ! Bref, je suis sûre que mon amie (ma compagne ?!) sera ravie de partager une tisane avec moi tout à l'heure.

— Ça fait un bien fou ! Quelle histoire !, lance-t-elle en sortant de la salle d'eau.

— C'est clair, on lirait ça dans un roman, on trouverait ça complètement abracadabrant. La vie est plus imaginative que bien des auteurs, en fait.

Nous partons sur un délire de tous les trucs improbables, mais vrais, lus à droite et à gauche. Cela nous occupe jusqu'à la phase suivante de la lessive.

— Je peux essayer, elle m'intrigue, ta machine à laver !

— C'est vraiment anti-technologique au possible, tu sais.

— Je crois que c'est ce qui me plaît le plus, en fait.

Arriver à plaisanter de tout et de n'importe quoi, c'est sûrement grâce à cette capacité presque magique que Diane a réussi à conquérir mon cœur. Nos regards se croisent. Un ange passe et, pour ne pas changer, Ilona rompt l'instant avec un babillage sonore.

— Je crois qu'elle commence à fatiguer. Je vais essayer de l'endormir dans le lit.

— Ça marche, j'étale le linge pendant ce temps.

— Merci.

♡

Ma fille sombre en un temps record, pourtant sa petite bouche reste plaquée contre mon sein comme une sangsue. Je mets un bon quart d'heure à me libérer. Diane a pris son téléphone et pianote tranquillement. Je me sens soudain gauche lorsque je la rejoins.

Elle m'accueille avec un immense sourire et m'attire à elle. Cette nuit est pour nous, la première d'une longue série, j'en suis persuadée…

Épilogue

C'était la première fois que je faisais l'amour.

Je veux dire, j'ai couché un nombre incalculable de fois, mais aimer à ce point, autant le corps que l'âme… Je n'aurais jamais cru que cela puisse être aussi puissant. Sa peau, la mienne ; nos doigts entrelacés, son regard dans le mien ; le murmure de sa voix glissée à mon oreille… Moment de perfection, de temps suspendu, un îlot de tendresse et de passion.

Enfin repues, nous nous sommes glissées dans le lit, aux côtés d'Ilona, et nous avions l'air d'une famille. J'ai trouvé cette image si belle !

Au petit matin, mes yeux se sont ouverts sur son visage. Elle m'a souri, de son sourire si plein, si rond, si rempli de soleil. Alors, les mots sont sortis tout seuls de ma bouche, sans passer par la case cortex préfrontal, sans aucune réflexion :

— Diane, veux-tu vivre avec nous ? Nous parcourrions la France de marché en marché, sans attache autre que notre amour.

C'était d'une niaiserie…

Pourtant, les traits de mon amie se sont éclairés d'une joie intense, pétillante :

— Me réveiller à vos côtés chaque matin ? Partager chaque jour avec vous ? Sillonner les routes et vivre dans ce camping-car ? J’en rêve depuis des mois…, m’a-t-elle avoué.

Au même moment, Ilona s’est éveillée, elle s’est assise dans le lit, a fixé longuement mon amante, puis a articulé d’une voix nette et pour la toute première fois :

— Maman !?

Nous avons éclaté de rire, et la vie a continué de couler…

Remerciements

Merci à mes enfants d'avoir ouvert une fenêtre sur mon monde. Vous êtes les plus précieux cadeaux de mon existence.

Merci à mon équipe de choc, j'ai nommé les bêta-lectrices Ellen, Isabelle, Nisa, Caroline, Aurélie, Isabel et Alix ainsi que les bêta-lecteurs Hervé et Dom.

Merci aussi à Françoise, ma super correctrice !

Enfin, merci à mon Beajer de m'avoir inspiré ce roman…

www.ingramcontent.com/pod-product-compliance
Lightning Source LLC
Chambersburg PA
CBHW021953170726
47994CB00020B/253